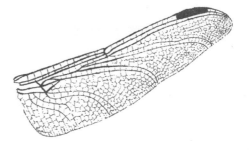

iHuman
新民说

成
为
更
好
的
人

三岛由纪夫
短篇小说集

II

魔群的通过

［日］三岛由纪夫 著

陈德文 译

GUANGXI NORMAL UNIVERSITY PRESS
广西师范大学出版社
·桂林·

魔群的通过

MOQUN DE TONGGUO

著作权合同登记号桂图登字：20-2016-295 号

图书在版编目（CIP）数据

魔群的通过／（日）三岛由纪夫著；陈德文译. 一桂
林：广西师范大学出版社，2018.3
　ISBN 978-7-5598-0482-2

　Ⅰ．①魔… Ⅱ．①三…②陈… Ⅲ．①短篇小说－小
说集－日本－现代 Ⅳ．①I313.45

中国版本图书馆 CIP 数据核字（2017）第 276179 号

广西师范大学出版社出版发行

（广西桂林市五里店路 9 号　邮政编码：541004）
　网址：http://www.bbtpress.com
出版人：张艺兵
全国新华书店经销
广西广大印务有限责任公司印刷
（桂林市临桂区秧塘工业园西城大道北侧广西师范大学出版社集团
有限公司创意产业园内　邮政编码：541100）
开本：889 mm×1 240 mm　1/32
印张：9.25　　　字数：200 千字
2018 年 3 月第 1 版　　2018 年 3 月第 1 次印刷
印数：00 001~10 000 册　　定价：58.00 元

如发现印装质量问题，影响阅读，请与印刷厂联系调换。

三島由紀夫

魔群の通過

目　录

水面之月　001

山羊之首　021

大　臣　035

魔群的通过　053

花山院　091

星期天　103

箱根工艺　121

伟大的姊妹　147

牵牛花　197

旅行的墓碑铭　205

拉迪盖之死　229

复　仇　251

施饿鬼船　265

译后记　279

水面之月

人在烦恼中……

宛若水中月，

随波任漂流。

————《往生要集》[1]大文第二

一

请将你的心拉回到往昔，请你对我再说声"想你"。回来吧，求

---

1 《往生要集》，源信著，佛书，凡三卷。其成书于宽和元年（985），从诸经论中
摘集往生要文，论说往生净土之道，给予日本净土宗以划时代影响。

求你回来，不必迟疑。请你不要离去，请你再来一次，哪怕就一次。请再次叩响这座蓬舍的柴门，这可是除你之外谁也不许碰一下的门扉。想必你还记得那个情深似海的女子。——其实，我心中很清楚，这样的倾诉，只会越来越加深你的厌恶。我希望加深这种厌恶。这正是我不幸的缘由。纵使加深这样的不幸也要发出箭矢的我，正是为了一份情，才给你写这封信。啊，我又在撒谎了。对于我这样的女子来说，只需见你一面也就满足了。难道你不知道，对于朝朝暮暮恍惚活着的我而言，这将会带来十天的喜悦？假若你能来我这里一次，这对你来说，只要成为一日之欢就好。你总不至于说缩短十天的生命吧。我用这样的笔调写信，或许你会觉得我是个开朗的女子，其实当你频繁到来时，我依然在忍受悲痛和苦寂。你抱怨我为何如此冷淡。然而，眼下你就要阅读一个表面上无所凭依、表面上百无聊赖，再也无法忍耐下去的女人的信笺。——我为何非这么说不行呢？啊，哪怕字面上雾气萦绕，哪怕文字色彩前后不一，即便乌云翻滚不见天日，那"弥漫虚空"的，不就是"我的爱"吗？……

二

如今我很疲倦。禁忌[1]之日过后，我仍在宫内忙个不停。想必你也知道宫里有多忙。总之，我已疲惫不堪，你一定也知道。不想让我到

1　原文为"物忌"，神事活动期间，慎于饮食言行，需斋戒沐浴，摒除污物。

魔群的通过

你那儿去的，除了你自己再没有别的人。我这么说，你一定很不高兴吧？不管怎样，我疲惫的明证，就是我依然做着童贞的梦。童年时代听罗生门鬼魅[1]的故事，一走到门前，就看到那边一颗蓝星拖着尾巴沉落下去了。于是，月光照耀下的没有人影的大路上，一辆没有牧童的牛车，晃晃悠悠地行驶过来。车子停在我面前，车上不是有人正向我招手吗？她伸出一只冰冷而微汗的纤腕，我从那手臂上感受到黄金般幽怨的重量。我正要登上牛车，大路远方忽然走来许多人，他们高举火把，大声呼喊："那是鬼，不要碰！"尽管如此，我仍然想登上牛车，数度都遭到阻止。一看脸面，原来就是你！——当然，我说起这件事，无论如何我都没有想到你会生气，不管我说起怎样的傻话，你都会高高兴兴地听着。昨天，朋友少将来了，他取笑我是"夏虫"。没错，在旁人眼里我肯定是"一厢情愿"。——正如你在信中用那副语调安慰我一样，我也有点喜不自胜了。令我遗憾的是，你竟然不知道阔别已久的我的憔悴的姿影。你还会给我回信吗？希望你也关怀我。

哦，临近结束又写成一封欺骗你的信，我想就此搁笔。然后，我又认真重读了你的来信。我痛苦不堪，心绪烦乱，似秋风吹过草原。最后，我打算追加一段，这些添加的文字，不光使你，就连我自己也因而陷入不幸之渊。我时常来往于"受领东国"[2]之人的女子那里。那

1　谣曲，五番目，取材于《今昔物语》，主要描写渡边纲于罗生门遇鬼，斩其臂膀的故事。

2　犹言受封于东国之地的官员。东国，泛指东方，近畿（京都、奈良等地）以东诸国。

女子虽然生在东国，但两三年前来到都城。她面容姣好，听说有人为她介绍宫中的一份差事，她力辞了。她知道我的来由之后那种兴奋劲儿，你也理解的吧？但要是变成"月中桂树"[1]，可以说那一切就完了……看来，此人也可以同你亲密无间。她用一副天真无邪的语调，对我讲述了赴京途中，一路上遇到的很多有趣而可怕的故事。我很喜欢这类有几分低俗而又酷似女童的人。要是你知道了，或许会嘲笑我吧……啊，我又如此快乐地写起来了。然而，以往，犹如苔藓一般阴湿而无任何朝气的我，学会了如此的明朗，这个世上不幸的明朗。那么究竟是谁教给我的呢？假如我说这些都是你教给我的，大概不会有人否认。啊，这种事儿任它去吧。你可以想象，会有一个男人做出如此愚痴的告白吗？可以说，我已经对你厌倦了，不是吗？在那个女人面前，听到了渐渐消失的声音，如今的我再也无法忍受那样的声音了，不是吗？那是非常痛苦的。希望你好好想想，我离开你还能活多久？而且，如果照你所说再度回到你身边，那还有什么意义？关于这些，我已经反复做过考虑，宛如秋夜漫长，水车恒转不息。不管怎样，请你都不要以为是我舍你而去。或者可以说，那是我被人舍弃。那时节，久久无消息，你已经从我身边悄然离去。自那以来，我多次想同你见面，哪怕看上你一眼也可以。今年的花儿已经凋落殆尽，但那古树梢头又萌出新鲜绿意，比以往的花儿更具活力。看到这些，我心痛不已。接着，又反复回忆起与你共同度过的日月。为何会这样呢？我自己也茫然不知。

1　住居于月中之人，意指可望而不可及的美男子。

三

　　我强打精神、以愉快的心情书写的信笺，想不到获得了你如此相应的回音。随处装扮的哀愁，如古老的织锦被粗暴地加以谛视。伪饰的明朗与真诚的明朗，两相对照，在人们眼中显得多么清晰！不仅如此，而且你明确地对我说："这正是你教给我的明朗。"接到你的回信，我一直沉绵于床上。其间，很快到了祭祀时节。自打你销声匿迹，我的庭院任其荒草离离。眼望着蓬艾丛生的角角落落，我心中何等欣喜！期盼着一次又一次的忆念，如此层层堆积，不加整理……前天的祭日，因为门前临着通往现场的近路，从一大早起，车声隆隆不止。不光是女官，就连小姐——那个不知何时你赐名"夏荻"的你的孩子，也缠着想去观看祭祀。想到你和小姐都会去参加祭祀，我默默无语，一整天卧床不起。不知何时，草地上月光如幻，阴历五月的晚霞，早已沉淀为一片黑暗，飘溢着阵阵橘子的香气。小姐和女官消失了踪影，将我抛却在橘香馥郁的暗夜之中。你一直在担心着我吧？在我卧床不起期间，祭祀归来的牛车，轰轰隆隆打我门前经过，听起来令人焦急不安。车声断绝之后，持续着长久的窒息般的岑寂。紧接着，远方又轰轰隆隆驶来一辆牛车。我想，那或许就是你所见过的鬼车吧？于是，我胸中泛起一阵思恋，车声渐近渐高，我心里七上八下，激动难平。透过车声，我直接触摸到车主的心房。估量着车子经过门前的那个时候，我的心怦怦直跳，受到了死一般的冲击。等我回过神来之后，车声如幻，殷殷不绝。那种心之苦闷，让人一时怀疑是否在梦中。我注视着深深黑暗中的你，神志逐渐清醒过来。我忽然想到，那车上的主人不就是你吗？想到这里，那车声在我脑里更加分明，弄得我简直六神无主。这时，约略听到女官走进来，点燃纸烛，小声对我说："少将来了，要不要请他进来？"听说这个人老是将你当作"夏虫"，我极力阻止，说："千万不可放他进来。我如此心情不佳，你也是知道的。"女官很感困惑，迟疑半晌退下了。少将似乎说了声"是吗"，随即回去了……

你一定不明白，我为何要罗列这些幼稚的小事呢？我自己也一向弄不清楚。总之，请你不要生气，说真的，我并没有因为你的离去而感到有什么缺憾。如今，与其说心满意足，毋宁说已经流淌出的苦水充溢心间，再也无法忍受下去。只巴望怀人之思，尽早不再堆积于我心头。当年你时常来往我身边，我一直生活在"心满意足"的憧憬之中，我一心恋慕着使我获得那种憧憬的源头。或许你已经误将自己置于"心满意足"之中了，或许你意识到这一点离我而去了。假若你能原谅我无礼的行为，那么眼下我思恋你的心情，那样地想着你就是错误的，我从而就会将你看作是消磨我的源头。相离不相舍，方觉情益真，樱花盛开时，何须叶来衬？说起来，你就像石子滚动、水流碧清的小河，我就是布满黏滑绿苔的河床。河水奔流，消磨着我的身子；河水干涸，河床石子尽皆不动，我依然希冀那消磨我身子的瀑布流潭永远奔腾不息……

我如此不厌其烦地回忆着我的情爱，哪怕仅仅能给我一丝慰藉也好。但我至今依然过着眼下这样的生活。虽然说过可以移动身子，但实际上不光不能移动，而且一点儿也动弹不得。我心中所想净是这种种琐事。恐怕你不会再来了吧。你可以想象，这个世界上某个角落，有个痴心女子，朝朝暮暮都在思念你。而且，你并不觉得她可怜，最终还是决心将她忘记。当你到受领的姑娘那里去时，或许我会前往你的枕畔，真不知那女童会怎样嫉妒呢……总之，我并不是那种可怕的女人。我只是一味宝贝我的孩子。你频繁来我这里时，我曾责备你从未亲切地问候过一句夏萩。我是那般爱着夏萩，因为夏萩同样是消磨我身子的小河……

哦，我的倔强之心如此忍耐着，连我自己都感到惊奇。你可以再阅读一遍，我在信中从未提起想同你再见面。请看，我竟然能有如此的耐力。请赞扬我吧。那将是多么悲哀的赞扬啊！假若我说再见你一次——是的，我曾经说过一次。关于这一点，想想看——你曾经这么说过。啊，即使想过千百遍，也没有弄明白。纵然被多次问及，我只有回答不知道。我感到无比困窘，只能一再忍耐下去。请看，这对于我来说，是多么不合身的丽服啊！《菊花露》中不是说"白日里，思无绪，依旧恨依依"吗？……

四

总之，我很害怕。昨天接到你的信，同时也接到她的来信。数十日徒然地信来信往，今宵才得以交谈。遭到冷遇没趣而返的你，病后在信中附了一首和歌，我读后倍感哀凄。可打开她的信一看，满纸皆是深深有缘的文字。祭祀之日那天，我想起去年的情景，心里提不起劲儿来，可那位受领的姑娘根本不听我劝，说一定要同我一道去。正如你也知道的，我没有经过那个女子的门前，而是绕了很远的路。姑娘似乎微微有所感觉，女人此时所表现的刚毅，令我也感到很惊奇——我要经过那女子的门前，她肯定不会允许。看样子，她能分辨出我的车音，宛若母亲熟知婴儿所有的小小脾气。姑娘要我乘坐自己的车子，既然她这么说，我还是不能不去。祭祀的当儿，我的心儿始终在担惊受怕。我想，她要是也来参加祭祀就好了，不，还是待在家中为妙啊。我对自己如此怯懦深感恼怒，自然地退到停车场地而俯首无语。受领的姑娘来京年月不长，似乎对祭祀活动很感好奇，似孩童一心眺望着华丽的队列，到了晚间也不想说"回去"。频繁往来的车队以及祭祀后莫名的寂寞的喧骚，她始终陶醉于那种无聊的氛围之中。我满怀踌躇，多次说想要回去。然而不知是何种迷信的心情，以为眼下回去就会身中邪魔，在走过那女子门前的时刻，她一定会站在那里。对于这般似有若无的事，我总觉得有一个声音如此嘱咐我。要是现在回去，要是现在回去……每当想到这里，总觉得汗毛直竖，我的恐惧，恐怕你也不会明白。受领的姑娘命令下官归宅的时候，周围已不见一辆车子。夕暮沉沉，夜犬不祥地狂吠，怪鸟般的废纸在黑暗里滚动。我的车子拐过一角时，受领的姑娘在阴影里如小鸟般紧闭双目。车子的轰鸣似翻天覆地，受领的姑娘早已知晓就要接近那女子的宅邸了。她一句话不说。车声越来越高，或许还混合着激动的心跳。——忽然，我闻到浓郁的橘香，不由得大吃一惊，蓦地倒在地上。或许是因为心绪不佳，遂抬起耐不住喘息的身子，我似乎放心地仰起脸来。此刻，我看到受领姑娘的脸上浮现出神秘的微笑。我第一次看到这个世界上所不曾有的微笑……啊，你听着，少将。那可是件好事啊。两三天后，我接到了那女子的信。哦，她注意到了。她所具有的某种神奇的力量看穿了一切。自打那一天起，以前那些可怕的事情，暗暗包裹住身子，使我朝夕憋闷难熬。就这样，那女子不愿同我见面，我们仿佛被什么人强制着，各自疏远了。我能以这种方式生活下去吗？只是一句话使我忧心忡忡。她将我置于流水，而自己却居于河滩之上，但是，我对那种必须消磨对方的激烈之恋感到困疲不堪。我知道，比起置身于流水，置于河滩更能获得数十倍剧烈的恋情。尽管如此，我却不能忍受其中几十分之一。而且，只有忍耐才得以生存的我自身，不知何时，已经开始这么认定了。被动的爱，只能获得最坚强的人的宽宥。少将，我竟然忘却了这一点。我这么说并非针对你，请你务必懂得我的意思……不管如何，我都很感激你。感谢你提醒我身处于危险的境地。我打算暂时不再同她见面。我的软弱，取笑我是夏虫的你，想必是很理解的。祭祀那天，虽然被迫回去，但那之后的情况又如何呢？还不是因为近来非常疼爱夏萩的缘故吗？我只想，一切事情只要不过度就好。

五

我打心眼里感谢你诚恳的信笺。感谢你详细地告诉我关于那女子近来的消息。我同她这半个月没有通消息了。正因为如此，以往的回忆明显地折磨着我。那女子已经不再让我知道她的消息。我也同受领姑娘暂时中断了联系，可她依旧频频来信……啊，这叫我如何是好？那女子频繁的信笺犹如夏草一般葳蕤，令我芟除无术。据你的信上说，她疯狂地爱着夏萩。那个女人，她究竟想干什么呢？我固然没有仔细端详过夏萩的脸蛋儿，但可以推想总会有几分父亲的影子吧？今天，天空的一隅，雷神刚刚发出隆隆响声，"相会的云彩聚集于远方"，仿佛有人招引我前去。——据你所言，她每天从一早起就和夏萩一道玩人偶游戏，教幼小的夏萩唱《赶马歌》：

浅水桥头车隆隆，
潇潇风雨下不停。
谁肯居中传音信，
告诉我他的近况，
带给他我的深情。

听到这些，我感到难以忍受。你为夏萩带去点心，她却像个傻女子而喜出望外。她是什么时候变成这个样子的呢？叫她说起来，或许源头就是我吧，因而，我更难以去探访她了。我虽然并不认为我一切都出手了，但我却感到我遭遇上了如一具难以对付又无比华丽的尸骸般的东西。假若你以为我很自豪那就糟了，但我对这个因我而被贬斥的女子，简直就像对待神祇一般崇仰她。我对于她的女性魅力抱有钦羡之情，由此而看到了生存的意义。此外，由于疲劳，即使我自身不想寄望于她，一颗心却总是自然倾向于这位完美的女子。然而，正像平时所说，热恋她的男人必须是个勇猛的男士，而我却一无所知。少将，你也可以仔细为我想想，如我这般懦弱的男人所应该寄身的那位女子，那将是这个世上无与伦比的强劲且十分可怕的女人。她那可以立即自毁的天性犹如大河流水，含蕴着决堤般的威力……

少将，我听到一个不好的消息，但愿这不是真的。你的心态正像

魔
群
的
通
过

一座雅致美丽而庄严的寺庙遭受大火焚毁之时，听任一切东西颓败殆尽而不为所动的僧人，不是吗？最近，你根本不到我这儿来了。你还是应该来看一眼我这副寂寞潦倒的样子啊！

六

好久好久没有获得你的消息了。眼下，我的心情与其说怨恨，不如说愤怒更为贴切。由于我沉沦于同你短暂的会面之中不得自拔，几乎为此而气绝，因而我突然想要给你写信，借此倾吐心中一片痴慕。这究竟是怎么回事呢？思君之情竟然如此强烈，真是见所未见啊！重新阅读你的老信札，犹如夏日的午后，于障子门凉习习的阴影里，蓦地听见你的声音。以往那种如佛陀般明朗而祥和的欢声笑语，果真又从你的嘴里流淌出来了吗？还是我将别人误以为是你了？我站在那儿环顾一下周围，背后是晴朗的蓝天，只有紫藤花似有若无地轻轻摇动。此物因"秾艳之色"而为人所宝爱，因退色之衰而为人所哀怜。我一边忍耐着炫目的云光的照耀，一边走近那丛藤花。这时我发现，花朵前有个小小的黑影儿。那是萤火虫，我甚感惊讶。说是萤火虫，却没有一点儿萤火的闪光，而是干枯的萤的尸骸，紧紧贴附于花朵之上，到了夜间，更加幽幻。望着望着，我蓦地感到一种可怖的悲惨。耳畔虽然依旧留有你的欢笑，但不知不觉间又泪流潸潸。我寂寞难耐，仿佛立于世界之终点，真想学着儿时的样子扭着身板儿大哭一场！啊，请你取笑我如此脆弱、动辄流泪吧。前天，我去了一趟从未见过的钓殿[1]，我望着萍藻满布的荒寒的池沼，水面上依稀晃动着你魔幻般的面影。那时，我确实听到闪光的云丛间传来了丝竹管弦之声。如今，我正于一个奇妙的、清雅而明净的夕暮黄昏，一边倾听嘒嘒蝉鸣，一边给你写这封信。如此看来，我的手就是精心漉制的和纸。指尖上一旦染上墨，就别想再揩拭掉。现在，我的一颗心也同样如此。日暮的钟声在我周围发出凝重的钝响，一阵阵向我逼近，可怕地摇撼着我悒郁的心境。我很难认为那是虚幻的钟声，我觉得较之虚幻，那是一种异常悲恸、渗透肌肤的极其明丽的音响，不是吗？……

　　或许你一时不会相信，写了这件事的我以及写了下面一件事的我，竟然是同一个人。然而，正如世人所说的"嫉妒"一样，对于如今的我来说，它甚至成为我生命中的一种价值，一种救助。啊，也许你认为，一开始我如此对你相让并非出于嫉妒吧？——听说你对夏萩疼爱至极，恐怕现在还是这样吧。或许你会因此而以为是我的缘故，正因为我的离开，才使得聪明的你更加疼爱自己的骨肉，而不是看着孩子可爱才故意装出对她疼爱的样子。我这么说绝不是有意讽刺你。难道你不觉得，疼爱自己亲骨肉的一番心情是谁都不愿加以玷污的吗？我并非一味憎恶那个男人——我只想责备你，一心想责备你，不责备我就活不下去。为了那桩永恒之恋，为了我舍弃生命而建筑起来的精舍，我必须责备你。我临终之前必须用火一般的力量，建起一座举世无双的巨大的纪念物。细思之，我同你的一段情，打一开始就是一场战斗。你是怎么看？

1　建在寝殿左右池面上的东西配殿。

我过去从未如此骄傲地向你挑战。你一直很是安然。你可以回顾一下。面临生死关头的我，或许就要向你发起进攻了。我决不希望再看到你一眼。我决不想跨越这道坎儿。请你想想看吧，开始写这封信同写完这封信的我判若两人。说千说万，不论我如何絮絮叨叨，你尽可以全都看作谎言。我要责问你，必须责问你。我必须建筑起对你真诚的纪念。我也许随时会死去，我在临死之前，不会改变我的内心。也请你想着佛祖而生活下去。

七

哦，还是那个夜晚的事。白天，远雷响起明朗的轰鸣，临近黄昏，依然游荡着微弱的阳光，刮着猛烈的风。当黑云涌上天空之际，风不知不觉变得微弱了，不久传来潇潇的雨声。雨声夹杂着闪电，时而映出灰黑的天宇，一举抹消庭院内苍茫的烟雨，那景象看起来惊心动魄！夏萩惊恐地望着闪电，紧紧抱住我的双膝，深深埋起面孔。看到她的样子，想到自己这几个月来对于亲骨肉疯狂的疼爱，似乎不像是活生生的我所经历的事，只觉得是某种专心一意的修禊行为。请你不要笑我太愚痴，只要我活着，总想逃脱某种樊篱。为此，连你都是一道障碍。我再也不会让你知道我的消息。我知道，你会责问我："为此你将会使得少将频繁去探访你吧？"我说我爱慕少将并非谎言，但也并不因为喜欢他而打内心里庇护着他。为着夏萩而备受煎熬的我正相反，对于那位一半具备东国武士之人品的勇猛而天真的男人，我并不特别喜欢。他是个粗俗的人。你自己很清楚，你虽然同他是往来已久的朋友，但从内心里对他瞧不上眼。不过，因此而羞辱他，或像对待自己孩子似的疼爱他，那就实在叫人感到悲哀了。——事情就是如此。这一切全都结束了。那个夜晚不知是何时降临而暗影深深。至今想起那场雨来，我依然胆战心惊。我望着沛然而降的雨，想起了两三天前你那封具有不祥色彩的信笺，趁着我尚未回复的今朝，你着魔般地抄写了一首和歌，打发小舍人送来。于是，我回了《伊势物语》上的一首歌：

松下盼君来，

海浪近岸回。

思君不见君，

戚戚满胸怀。[1]

　　其后，很是奇怪，我心里一直不平静，无缘无故像翻阅古代绘卷，呆然地反复思索起来。少将今天不来了吗？已经到了下殿的时刻了。近一个月来，除避讳日之外，他没有一天不到我这儿来。如此寂寥的夜晚，想必他已经晚了。正说着，门外骚动起来，只听女官们急匆匆跑来，哦，原来不是少将，来的不正是你吗？我正将信将疑，随之退到帘子后头。夏萩满脸狐疑地望着我，我顾不得这些，便装作被雨声吸引，朝你来的方向遥望。烟雨凄迷，黑暗中朦胧看到你正从那个角落，静静地走了过来。你双眼圆睁，嘴里不住叽咕着什么似的不停抖动，

1　参见《古今和歌集·卷十五·恋歌五》，1433。

魔
群
的
通
过

背后是被震耳欲聋的雨声所封锁的黑暗，久久伫立，一动不动，不是吗？看到这番情景，无边的寂寞袭上胸间，我的心头一阵茫然，再一次唤起可怖的记忆。你坐在那里，好半天一言不发，我也同样沉默不语。于是，你似乎再也忍耐不下去了，稍稍俯首转过脸来，向帘子这边挨了过来。"少将今天没有来吗？"你似乎极力用一副恬淡的语气问道。这句话听起来，确实使人感到一种淡然之情，但我却愈加觉得没着没落了。啊，究竟是何缘故使你冒雨前来？这个本来极易弄明白的问题，再度变得难解起来。你往昔的面影大都失去，从而使人窥见出一副无比静谧而凄清的面容。夏萩从我背后露出脸来，轻轻叫了一声"爸爸"。"嗬，你在这里呢？好长时间不见，长成个大姑娘。来，让我瞧瞧。"那孩子听到你招呼，深感羞怯，一味缠着我不放。"她很像母亲啊。"你笑嘻嘻地转过头对我说，"你不想重新转换一下心情吗？最近，我频繁地考虑这个问题，想过一种完全不同于过去的生活……"听到你这么说，我沉默不语，接着你又说："你最近必须到我家里来一趟。"我猛然抬起头，看到你面带微笑，心想，该不是开玩笑吧？我满心惆怅凝望着你，莫非某种危险即将降临到你的头上？你稍稍偏过脸去，冷不丁问道："你真的思恋着少将吗？"一时没有回答的我，仿佛用梦醒后突如其来的轻松语气说道："是的，我很仰慕他。"我堂堂正正做出了回答。我尽量心情放松地坐在那儿，说起话来随机应变，但丝毫没有盲目应付的意思。因为我把这看作是不可替代的救助。你也是一副明朗的心情，随口说道："是吗？"你仿佛已经忘记轰鸣的雨音，一直陷入思索之中。随后我听到你再一次问了声"是吗"，接着又说："我如今切实感到，我可以开始真正地爱你了。"——说实话，听到你这段话，我心里原本毫不动摇的东西，反而又变得困惑起来。

为此，我差点儿说出一句无法挽回的话来。一种警示突然向我袭来：只要我说出那句话，一切都将变得空无所有。这时，你对夏萩说道："等着我吧，我还要来的。"说罢，随即站起身。你静静地转过身走了。我目送着你的背影，一直未加注意的雨音俄而又震撼着耳鼓。你的背影拐过角落，这时，我的心中不由感到一阵躁动。这情绪不断高涨起来，我怀疑我是否已经向你表白：我真的很仰慕你！不论我如何悔恨，都将是人力无法挽回。想到这里，一种无法预知的悲惋之情，好似大海涨潮，迅疾充满了我的全身。如此急迫的心境，不管是我错我对，都是无法辩白清楚的。恒久不变的雨的轰鸣，令人思绪麻痹，如今的我，只有一个依靠了……

听到你剃发的消息，是在那场雨后，秋气初降的两三天后的早晨。那是多么匆促而又迷茫的日子啊！仿佛为秋风所引诱，不等冬令到来，染病不足五天之后，你就踏上"彼岸之旅"了。自打为僧之后，你就彻底断了消息，只经过一个月吧，你就像菊花露似的零落了。前些时候，或许因为我提到你入寂的事，少将他说要来看我，难得地光临我这座人迹罕至、枯草满地的蓬舍。夏萩因病，卧床不起。这个清贫而柔弱的女孩儿，面色微显白皙而美艳，她那温润的眼神，显得空虚而又茫然，似乎正在思恋着父亲前往的地方。我遥望蜻蜓往来交飞的澄净秋空，回忆起最近威逼京城的种种惊人消息，眼看就要朝那天空大声呼叫，使得周围的宅邸犹如暴风后的草原尽皆遭到蹂躏。今日的京城充满一派牡丹凋残的风情。请问，秋风不是吹过繁密的胡枝子花丛吗？秋天来临，凉阴阴的草丛下，虫的鸣叫听起来不是颇为哀戚吗？夏萩幸好卧床不起，我可以沿着华丽而荒凉的园中小径尽情徜徉。我走到一棵菊花前边，如梦中散游而突然伫立不动了。凝重的冷艳的花朵，悒郁而美丽地盛开着。但定睛一瞧，那棵浓丽的黄菊每一条凹陷内，都聚集着无数小虫，受到侵蚀的花朵依旧花香四溢。看到这些，我毫无关联地浮想起人们所希求的净土的情景。想必你看到了一片庄严的虚空之界吧。微风中摇曳不定的四色莲花、琉璃池水、珊瑚花丛、百宝鸟鸣……各色宝树结满鲜艳而稔熟的果子，总有一天会为我所亲自拥有吧？不，不会。请允许我从璎珞上摘下那缤纷的莲蓬，请允许地面上一位忍受哀痛的女子，倾听一下遥远天宇上无量的琴音。因为我是水面之月啊！

《水面之月》完结

昭和十七年[1]九月二十四日夜搁笔

水面之月

1　1942年，作者十七岁。

山羊之首

那天过午，辰三像平时一样，一登上那座狭窄的楼梯，就听到高声响着的华尔兹的音乐，看到楼梯口上方的楼板上闪过一个卓别林打扮的身影，那人正搂着打杂的小女佣，歪歪扭扭地跳着舞。他是报纸上报道过的在这一带自由进出的名人，担着那些化妆品和电热器的广告牌，在银座八丁目随处转悠。

辰三故意跌跌撞撞，胳膊肘儿碰到了那人的肚子，问道：

"好高兴啊，一大早就被 K- 酒吧的老板娘喂饱了吧？"

于是，对方操起一副天生招人厌恶、玩世不恭的人所特有的鸭嗓子回答：

"嘿嘿，开什么玩笑，哦，哦……来，小姐，不要被这家伙给搅局了，我们只管尽情跳我们的。"

被称作"小姐"的，就是那个身个儿勉强到他胸脯的十二岁的杂役小姑娘，她没有理睬，随即挣脱卓别林的手指，将右手伸进自己胸前的口袋，掏出一只黑色的蕾丝手套，眨巴一下天真的媚眼，盯着辰三问道：

"这个，怎么样？五百元买不买？"

"从店里偷来的吧？"

"太小看人了，真难办。那么，好了，待会儿想要也不卖了。"

小姑娘张开右手，三两下套了进去。黑色的蕾丝手套复活了。一只奇异而优雅的手，在空中浮现……辰三突然伸出手臂，那动作仿佛抓住一只小鸽子。卓别林被辰三这种奇矫而冲动的举止镇住了，他退缩了几步。小姑娘像跳绳时钻绳圈儿一般，滑溜溜地一转身逃到太阳地里，到处躲避。秋日正午的阳光，从每扇敞开的窗户照射进来，打扫前的舞场，宛若放学后的小学。

"哎呀，好疼啊，老师。"辰三紧追不舍抓住她的腕子，少女本能地感觉到他的力量中包含着玩笑以外的内容。她仿照职业舞女那种可憎的动作，摆动着腰肢，甩开了这位舞蹈教师的手掌。她告诉辰三，那是香村夫人遗忘了的，昨天找到后由她暂时保管。少女说罢，就把手套交给了他。辰三接过手套，掌心有一种棘刺般的舒畅的感觉。其中，满登登充溢着女人手心那种黏湿的质量的冷感，犹如电流传导，唤醒着他的手心，令他战栗起来。可以说那是一种奇怪的音乐的印象——恰似依然在扬声器里响着的、曲终之后唱针空空划过的声音那样奇怪的音乐的印象。

按理说，香村夫人是一位美丽的女子。那些深谙人情世故的教师们，对于上了十多天课的她的性情，尚无一个人能了解。看着已有三十岁光景，所以都叫她"夫人"，至于有没有丈夫，他们的慧眼都疏略过去了。这个女子，确实有保守秘密的天分。一副安详而梦幻的眼神，含有几分性感；无所用心的表情，具有诱人的力量。她言语无多，一旦说话，便要告诉你她那稍显厚重的嘴唇的价值。因为身体在说话，就阻挡了秘密的言说。辰三一眼就看出来了，他想，假若制服不了这个女人，为此再发动一场战争什么的也情愿。

不过，那是十日前的感想。

下午一点钟，大扫除即将结束之际，三个学员常客闹嚷嚷地登上楼来，随便放上唱片，开始练习。他们两手插进裤兜，像滑冰似的滑动起来。打这时起，大厅就变为黑夜，因为窗户上垂下了暗幕。——三点钟开场之前是上课的时间，香村夫人总是在两点左右出现。

她来了，坐在昏暗角落的椅子上。

"一、二、三……一、二、三。"辰三又教起华尔兹来了。这些笨得吓人的学员，都是向进驻军兜售电热器具的厂家老板，他们作为生意人，自吹是忍辱负重前来学习的。这些四十多岁的男人，战战兢兢地伸一伸肥短的腿脚，随即又缩回去，满脑子疑虑。"这是干什么呀？这是练刺杀吧？"

那种前怕狼后怕虎、畏畏缩缩犹豫不决的心情弥漫着胸间，这是辰三从来没有过的事。这是因为他从农村出来正值血气方刚的二十岁之时，在人家那儿做学仆[1]，他觉得香村夫人很像那户人家的夫人。

---

1 在大户人家一边当佣工一边学习的少年。

"色鬼"的存在一如河豚餐馆的存在。他不到一年就弄清了都市必备的一切。当时，辰三从主人家的小姐身上，亲眼看到时兴的家庭舞蹈教师的丑闻，不由惊叹世界上竟然有如此惬意的交易！然而，他没有引起爱虚荣的小姐的心动。倒是那位贞淑、精于栽培玫瑰和饲养小鸡，并用沉静得几乎听不清楚的语调谈论要事的夫人，如果自己能做她的舞蹈教师，看来倒是个可以用甜言蜜语最先俘获的对象。谁知，他做教师后最初的对象，却是一位迷恋自己而慕名前来的短头发的男子般的小姐。

他的技术眼见着不断提高。就像根据季节、天候和场所选择领带一样，他在捉摸一举打动对方芳心的话语。没有什么"爱"之类模糊的借口，只能靠言语说服——求爱成为生活的仪式。那倒是一种抽象的快乐。那种快乐，好似乘坐疾驰的雪橇，穿行于无数隧道，目不暇接，瞬息而过。谎言，对于他来说，不过是缺乏实体的思考的进路，是在女人心中培育各种生物并守望着这些生物渐次成长的良种栽培家的欢乐。

战争使他们窒息。死一般可厌的公司工作开始了。因女人问题三次离职后，他又同退休的舞女妻子分手，于终战前一年，将近四十岁时，又被征召为水兵。幸好是炮台警卫兵。连续驻防在横须贺近郊草木森森的要塞地区，过上了趁着一次次空袭的间隙睡觉的日子。战争末期的士兵们渐趋不良，看起来有些不正经。

五月明丽的高草丛中，他抱在怀里的乡下姑娘，突然一声不响地抓住他不松手。

"你怎么啦？"

——对于乡下姑娘的用意，辰三心领神会，显得很沉着。

可是，当他向她所指示的草丛间一瞅，不由吓了一跳。那里放着一个被砍下的山羊头颅，仿佛从地里长出来似的，目不转睛地盯着他看。

周围的草丛一片血污。但年老的山羊之首清净而充满威严，深邃的眼神一直凝视着辰三和乡下姑娘的睡姿。那不是责难的目光，或许近似审视者的眼神吧？但是若为审视者的目光，那眼睛又似乎蕴含着过于浓重的幽暗。

午后，初夏的日光猛然使燠热的草丛更加炽烈了。辰三他们兵舍饲养的山羊被附近工厂征用的少年们偷盗后，似乎都是在这里被宰杀并吃掉的。辰三看到周围散落的毛皮、四肢、惨不忍睹的肋骨以及篝火的痕迹。即便他弄明白这些之后，那碧青的夏草、血污以及洁白而神圣的山羊之首那带有某种寓意的印象，也不会轻易从记忆中抹去。不仅如此，准确地说，记忆中的山羊之首，已经获得一种权力。

战争结束了。

对于辰三这样的男人，战争不过是影剧院的幕间休息。他在忽然出现复兴之势的舞场内，成为往昔的朋友参与经营的"Q-"的专属教师。作为一个浪荡子的常态，辰三必须从每个交肩而过的女人眼里找出某种欲情才能生活下去。在战后第一届展示会上碰面的舞女，她的礼服被他的香烟烧了个洞。他轻易地将那位舞女俘获了。可笑的是，他那电光石火的造孽，看起来总像执行一种义务观念的命令。

同那女子一起过夜，接近黎明时分，他迷迷糊糊看见一种令他毛骨悚然的东西。山羊之首，就在他眼前，正以一副极其无意味的视线，凝视着他和她的睡相。蓦然间，他感到自己同那女人，比切剩下的牛莽头儿更加无聊和滑稽。梦醒后，他气呼呼一跃而起，抛下女子迅速离去。

自那以后，可怖的山羊之首随处出现。在情人旅馆和公寓房间里……梦魔算计着时间，算计着他同每个女人最初的相逢以及一切行将结束的时间，随即它就在他目光前两三尺的地方出现。于是，所有的幽会从一开始就被彻底毁掉了。

但是，他难以憎恶山羊之首。他明白，他每次都是一边向女人求欢，一边在心中暗自等待山羊之首的到来。这是一种令他远离那种抽象的快乐的心态。为什么呢，因为辰三既然凭借良种栽培家的冷淡，不再允许好奇的探求欲，那么，对于不论怎样出现的山羊之首这种同一事物的具体而可怖的日常欲求则在怂恿着他。

世间奉送他一块"色鬼"的招牌，他一边精心打磨这块招牌，一边感觉自己属于居住在"色鬼"这一种族对立面的种族。

对于充满自我内心的颇为羞怯的犹豫，现在的他不再感到奇怪。不管怎样，这是一种实实在在的犹豫。

他只想在不出现山羊之首的场合下爱抚一次香村夫人，这种纯洁的犹豫；只想在没有山羊之首出现的情况下再完美地爱一次这个女人，这种纯洁而焦躁的心情……

不过，那一只被遗忘的黑色蕾丝手套决定了他的行动。他依然是个顽固且不相信偶然的男人。例如，礼服上被香烟烧焦的破洞，是因为她的身子紧紧挨着辰三；忘记手套也断然不是富有故事色彩的偶然的线索。

工厂老板们的练习一结束，就该轮到夫人了。她稍稍用手整理一下头发，离开了椅子。

"你忘掉的东西在我这儿。"舞蹈教师靠近夫人的耳畔说。

"是吗……"她心不在焉地听着，"啊，是手套，请还给我吧。"

"怎么能这样白白还给你呢？"

"我要报警。"

"警察也会同情我的。"

"真没办法呀……我可不是老师想象中的那种女人。"

"我只把你看作手套的失主，没有其他想法。不过，被你遗忘的手套异常可爱，我想留给自己，我要跟手套结婚。"

"新娘子只是独轮车，太可怜了。"

"那就请将另一只送给我吧。"

"别再胡闹了，那边的学员们都在瞧着这里呢。"

"他们是在欣赏你漂亮的屁股。"

"哎呀……"她露出一副悠然坦荡的惊讶的神情，而且那惊讶并不空洞。认真的惊讶中含有非圈外人不太精巧的色感，言谈之间有意识地力求纯洁。

"学习跳舞，竟然碰到这样的老师，今年真是晦气的一年！"

临回去时，她说："老师，请把手套还给我。"

辰三再一次摸一摸口袋中的那只手套，微微棘刺般的蕾丝的扣眼儿，冰冷地抵着指头，他想起那紧紧裹住女子之手的感触，反而不打算归还她了。"还给我！"女子过于认真时的眉毛也很动人。

"眼下不在这里。我到楼下办公室去取，临回家时请到斜对面的咖啡店等我好吗？"

辰三所特具的那种越是迷恋就越是精于计算的心机，不知香村夫人是了解还是不了解。她随即于紫色的荧光灯下倏忽闪露一下莹润的牙齿，笑了。

人到四十岁，恋爱即使属于短期贷款，一日的借贷也很受用。那种一边悠然等待担保供给的手续，一边专心于一年或两年长期贷款，以便获得充盈的资金的事儿，如今已经不复存在，只有利用有限的资金加快周转才能存续下去。对于香村夫人，辰三不急不忙地收缩着手里的缰绳。他从少女手中看到黑色蕾丝手套的瞬间开始，注意力就被吸引到一日借贷的收益上面，这也是情有可原。

当晚，辰三背倚旅馆内可以巡览Ａ市富有南国风情的海湾的窗棂，迎接着香村夫人的倩影。她飘溢着浴后花粉般的甜香，带着身后朦胧的雾气走出了浴室。出于色鬼恶魔附体般的悭吝，辰三从未自费来过温泉地什么的。这对于他应该说是一次无以类比的付出。——女人一旦靠近，玻璃窗随即布满水雾，Ａ市市街众多的灯火在眼睛里一派迷蒙。

海面上时时划过秋令的闪电，映照出云层苍白的面颊。临近海湾城市的夜景中，增添了绕过远方地岬尖端驶来的汽车的灯光。那些灯光由地岬尖端向Ａ市街移动，途中同各类灯火时而交混，时而游离，进入森林和隧道的阴影之中，然后又挣脱出来，一个劲儿向这里流动。——眼皮底下，就是夜间的车站，可以看到深深喘息着停下来的夜行列车。经过一阵杂沓之后，留下的只有空空荡荡、细长而明净的月台。比起舞女们盘腿而坐、人人鼓胀着一张白薯脸的后台的喧嚣，此处的静默似乎含有一种脱离常规的不均衡的因素。不过，香村夫人却能于此种静默之中自由游弋，不久便对着镜子，尽情地化起夜妆来了。

女人一旦开始化妆，男人比起独自一人时更加孤独。或许逃不过这一点，他刚把话说出口，就后悔不及了。

"近来老是做噩梦。"

"嘻嘻，这肯定是遭暗杀的前兆。"

她似乎正在涂抹口红，回答的语调有点儿歪斜。接着，又突然改为亲密而轻柔的口气，问道：

"都梦见些什么呢？"

辰三只得简要讲述了山羊之首的事。

"之所以暗暗将你空置十多天，就是因为我很害怕再度出现山羊之首啊！"

"你这是一种倦于女色的豪奢的毛病，很可怕呀。"

"不光因为这个……"

可不是吗，话一旦说出口，即便笨拙地从山羊之首绕着圈儿引出那些痴话来，也都是无法用言语形容的低劣表现。然而，当他再次被山羊之首凝视时，感到自己和女人比切剩下的牛蒡头儿还要低劣。如果那种突然的感觉并非谎言，那么对于他来说究竟哪一种低劣是真的呢？

那是在草丛之上，灿烂的阳光照射着闪亮的白毛，它仿佛用一副因果报应的口吻，陈述着他和乡下姑娘以及他和别人的那些情事……盯望着一个个睡姿。轻蔑尚可忍耐，愤恨和嘲笑也易于承受，但那种眼神使他无法忍耐。一旦遭遇山羊那般没有任何意味的谛视，就难以想象这个世界还会有争斗不息的人们。经过那种目光一番凝视，到头来，人的幸福、希望和爱情，就如同迅速而巧妙的杀人案，立即消失尽净。

不过，被杀害的山羊口角边甚至没有恶意的阴影，这种事儿越来越无法救赎了……

"肯定是被什么重大的事情给缠住了。"香村夫人化完妆，收拾完那些小用具，仿佛遗忘了什么，一边瞅着镜子一边说，"这是一种病啊，我觉得我能为你治好。"

接着，她带着寻常的表情坐在他的膝头，就像坐在椅子上。

"你也主动盯着那山羊的面孔吗？"

"不。"

"被它谛视已经够可怕的了，是吗？"

"嗯，是的。"

"老师也有可爱的地方，我要是主动凝视，什么山羊之首就会立即消失的。"

"会有这种事吗？"

"就这样……"

她说罢，随即在辰三眼前两三寸之处，展示着宽阔而黝黑的眸子。一双眉眼似乎溢满了幽暗而甘美的情调。

"请向我这边凝视。"

辰三遵照她的吩咐望去，女人的眼睑突然温存地低垂下来，描画着美丽睫毛的面孔，雪崩般倒向他的怀里。

"我喜欢你，真不知会有如此可爱的人儿。与你共寝，如果见到山羊之首，我就已经不再活着了。"

色鬼说出了这番话。

香村夫人依然语调端庄，一副丝毫不见放肆的言辞。

"胡说些什么呀，梦中的事要是对人说了，就不会再做同样的梦了。今后，你绝不会再看到山羊之首什么的了。"

女人这番无比聪慧而富有启示力量的令人怀疑的预言，果真实现了。他首次迎来没有山羊之首的同女人在一起的早晨。如果"同女人在一起"的说法还欠准确，那就必须加以订正。为什么呢，因为临近正午时分，当他从阴天的远海投映过来的浅灰色的光线中醒来之时（他从未如此睡过懒觉），发觉香村夫人已经不在了。打开浴室看了，没有。找来侍者询问，对方回答说，一大早到外面散步去了。他一边嘴里犯着嘀咕，一边穿上衣服，打算到餐厅去取一个人的午餐，一掏口袋，发现他的全部财产——本想将万事抛掷，打算长期居住下去而携带的全部财产——不翼而飞。

他一整天没吃任何东西，一直坐在床铺上发愣。香村夫人没有回来。她睡过的地方，混合着白粉和香料的馨香，飘荡着隐微的山羊的腥膻。

大

臣

三月倒春寒时节，晚上八时，五辆轿车跟随一辆精心擦洗过的克莱斯勒 [1]，或先或后奔驰于京滨国道上。克莱斯勒始终跑在前头，很明显，那端庄的速度，虽然不是有意逃离后面五辆车子的跟踪，但那种不即不离、令人冥想的感觉，甚至存在于映照着车体而流动的夜景的灯火之中。车子突然拐向通往大森车站的三间 [2] 宽的道路。

　　车队横穿过大森车站前的柏油路，依旧以克莱斯勒为先，开上一段陡坡。坡上走下来一位身穿军大衣的男子，躲在电线杆背后为车队让路。他睁大眼睛望着面前一辆接一辆驶过的汽车的车窗。他看见领

1　美国克莱斯勒汽车公司（Chrysler Corporation）生产的高级轿车。

2　间，长度计量单位，约等于1.81米。

头的轿车内坐着一位老人，丝绸礼帽置于膝盖上，紧闭着肿胀而颇带福相的眼睛，堆积过多肌肉的地包天下唇，虽然上了年纪，但还红而放光，是一位气色很好的绅士。浅坐在老人身边的是一位面色苍白、身体瘦削的青年。紧跟在后面的车子满载着人们重重叠叠黯淡的脸孔——他们珍爱地挂着闪光灯和黑壳子照相机，还有那同车内灯光相混合的香烟的烟雾。

车子从登上的坡顶越过废墟的间隙，驶入前边一二百米处一座幸存的宅第的大门。门内只能进入两辆轿车。家中灯火通明，车子一开进去，敞开的大玄关内，立即泛起一阵骚动。

左翼政党的内阁倒台了，政权转移到倡导不左不右纲领的政党手里。组阁之所以颇费周折，是因为财务大臣无适当人选。国木田兵卫经说服而接任，组阁完毕。认证仪式[1]之后立即召开首次阁僚会议。七时半结束，国木田财务大臣回到大森自家住宅。

记者们从停住的五辆轿车车门内一起弹跳出来，忽然蜂拥着挤进大门，看那架势，要是新财务大臣甩开他们逃往家中，记者们就会鞋也不脱紧跟其后闯进去。

"诸位，我们这样交谈算什么呀，请进来吧，到家中慢慢聊。不过，要是缠着问个没完，说不定会新设一项采访税的啊！"

这种"大臣的玩笑"的毒蘑一经抛出，就引起记者们、警察们以及家中亲信党羽们一阵哄堂大笑。闪光灯时明时灭，照得国木田肥嘟

1　内阁成员形式上获得天皇认证之后正式上任。

嘟的脸孔忽儿显得滑稽可笑，忽儿显得阴森可怖。在他看来，自己不管讲些什么，都是来自异常的杰出的能力。从记者们受到的感动想必也可察知，他对这样的感动产生共鸣，真想拍拍一位记者的肩膀对他说："怎么样，新大臣了不起吧？"而且，他自身的感动是极其平静的，同处在极端得意时我们所感觉到的全身无比的优柔相对抗。他自己的每一个动作都像做体操似的不慌不忙。不过，国木田还是比平时显得更加稳重。

玄关内摆满了污秽的鞋子，其中散落着被煤烟熏染的闪光灯泡的碎片。《东夕新闻》的记者角谷脱鞋时故意磨磨蹭蹭的。他慢悠悠理理拧在一起的袜子，没有走进大家已经进入的客厅。他装着找厕所，一把抓住顺着廊子走来的秘书松方。松方是他高中时代的同学。担任农政事务官的松方是国木田的侄子，他精神紧张，尚未脱去外套的一只手捧着大臣的丝绸礼帽。

"哦，是角谷君吗？"这位面黄肌瘦的男子一见到角谷，整张面孔都表现出咂舌头的动作。他下定决心，哪怕被认为是要权威也在所不顾，越发铁青着脸说道："现在请包涵，忙得很呢！"

角谷岿然不动。松方没办法，以迅疾的动作拉开旁边的障子，命令似的说：

"那么，就在这里说吧。不能让大家看到。"

那是灯光明亮的六铺席房间，所有的贺礼都暂时收在这里。桌子和地面杂乱无章地摆满了礼品包和点心盒等，连个下脚的空儿都没有，只能站在红白绳儿[1]和墨色的贺笺之间交谈。松方从背后顺手关上障子门，将国木田的丝绸礼帽甩到身旁的礼盒上。不想正巧贺笺滑落一边，礼盒几乎全部露出来，礼帽落在横卧着的瞪着朦胧眼睛的大鲷鱼上面。他更加心烦意乱，重新挪开礼帽。

角谷说了慰劳的话："累了吧？"

"最近三天三夜都没好好睡觉。"

"可是大臣一直精神抖擞地工作着，他对 ×× 税的问题一步也不肯退让。"

"尽管对我诱导审问，我都不会上钩。"秘书神经质地眨巴着眼睛。

"不管问什么，我都装作不知道。不过，伯父的脾气我是知道的，就连明日的就职演说，也绝对不叫别人起稿，一个劲儿坚持自己写，单从这一点上就可以明白。"

当晚，国木田上床后，开始起草那份讲话稿。

他匆匆忙忙将报社记者赶走，随后接受会聚在客厅里的亲族党羽们的祝贺。他看到长年在家里当佣工的老婆子也高兴得热泪盈眶，便答应录用她的儿子；他重新教导妻子作为大臣夫人应该遵守的规则；在卧室里主治医师为他测量了血压，然后他终于可以独自一个人面对枕畔起稿了。谁知，即便一个人，依然觉得台灯周围闹嚷嚷地会聚着无数张脸，一起在窥探着他。

---

1 包扎礼品的双股细绳儿，喜庆礼品用红白、金红或金白两色，吊丧礼品则用黑白或蓝白两色。

对前任大臣那种大大咧咧"一切听天由命"的做法，他一方面想就这一点自由自在地对省领导层大肆旁敲侧击一番；另一方面出于自我庆祝的心情，特地交代松方秘书，自己打算亲自起草这篇稿子。他那令人震惊的低劣的文笔，在金融界是有名的。他天真烂漫的蹩脚的文字，反而有利于掩饰他天生的卑贱。

他下巴颏埋在枕头里写字，多肉的下巴犹如肉垫支撑着脸孔。他采用那种宛如打算逃出工厂宿舍的女工写遗书的姿势，或许因血压意外地低而感觉良好吧。他用婴儿般的手握着尖尖的铅笔持续写下去。寒气森森的夜晚，没有一点烟火，但老人一点不在乎。并非假牙的顽健的牙齿，轻轻咬着肥嘟嘟的腮肉的内侧，这是他思考时的怪癖。

世界上最使国木田兵卫厌恶的是官僚，其次是醋。醋这种东西本不必说，寿司他也不经常吃。若问，既然讨厌官僚为何要做大臣？因为他认为大臣不是官僚。谁能说耍猴的就是猴子呢？即使将这种关系反过来看，谁又能把猴子当成耍猴的呢？他想利用这最初的机会，认真地将官僚调侃一番。如果他们即便遭到嘲笑也毫不自知，就愈加暴露他们的愚蠢，这样的嘲笑方式才是最高明的。

他如此顽固地坚持由自己亲笔起草就职演讲稿，是因为早已成竹在胸。他因写"就职演讲稿"这几个字时过于用力，折断了铅笔芯，于是一边慢悠悠将剩余的笔芯掏出来，一边自言自语："最初是一二三……这一点不可忘记。其次……"

一二三是一位代他出学费的恩人，是在庆祝他大学毕业时配给他的、带他游玩的艺妓。长这么大只认识以学生为对象的花魁的国木田，不大谈论什么美啊、高雅啊之类的事。他曾经将酒水洒在艺妓的礼服上，狼狈地道歉。那位恩人将雏妓的窃笑十分巧妙地掩饰过去了。他被大友银行录用，坐在新桥支行的窗口上，就在那窗口上遇见阔别已久的一二三。后来，在宴会上也频频相见。其间，一二三有事没事经常来取款或存入一些小钱，这只能认为是借机会面罢了。平时，她总是亲自来，有一天，却由小女童作代理，手持她的存折来到窗口。存折内夹着一封信，虽不是大红书简，却是用蝇头小字写在雪白信笺上的情书。——她曾说过，她平时被人骂作老妓，就像喝在嘴里令人扫兴的法国卡奥红葡萄酒的味道。"那女人真的爱上我了。"他想，"我虽然讨厌戏剧，但同爱上自己的女人一道看戏则是另一回事。明白这一点，是在那年五月去新富剧场的时候。听说那是由左团次[1]演出的名为《切支丹》的新作。那出戏也是她买票请我看的。"他继续写道："最近，虽然同一二三一起盲目号召奔向民主，但却失去了自主性……"这里又写进了一二三的名字。

打从可以进出既是同乡又是大友财阀代理人的田男爵宅邸时起，他就获得主人的欢心，从此忠心耿耿，努力工作。随着对财界内外的熟悉，他结识了新桥的名妓秀勇。因对方为男爵所属意，尽管双方都有强烈意愿，但终于没有走到那一步。

"凭借本省传统的秀拔的头脑和勇敢的执行力……"

他虽然一路如此连续写下来，但那种青年时代摆脱不掉乡巴佬自

1　市川左团次初世（1842—1904），歌舞伎俳优。此处疑指其子左团次二世，他同小山内熏创立自由剧场，并开创新歌舞剧。

卑感的磨磨蹭蹭的恋爱，回忆起来毫无快慰可言。在田男爵的介绍之下，国木田到英国从事金融事业研究，在伦敦迎来欧洲大战的爆发。那位伦敦女人的名字是不可写入演说稿里的。他一方面同田氏保持密切的联系，一方面长久住在英国首都伦敦，直到一九一八年，恢复和平的那一年。他一边就近研究战时为防止英镑暴跌而采取的有名的英镑汇率固定政策，一边手里提着装有就战争与金融关系表达自我见解的论文的皮包，身穿亨利·普尔定制的流行服，回到洋溢着战时景气的东京。眼下，东京人比他更像乡巴佬。

对田男爵来说，金融资本应该是纯洁的、像女王般的东西，对于国木田同样如此。男爵告诫他，绝不可同政治发生关系。因此，他现在（平时不出头露面，以利于明哲保身）的身份同驱逐令无缘。大友财团直到最后都对战争投以冷眼。于是，同军队相勾结的新官僚们，借口其中有秉承男爵气脉的国木田的策动，对国木田加以百般欺侮。打那时起，国木田一听到官僚这个词儿就食不甘味。他到处发牢骚说，那帮家伙全都是些眼光短浅、獐头鼠目、信口雌黄的恶棍色鬼，西服笔挺的阉党宦官！

他把战时的郁愤转向女人，正式娶妓女政千代为妻。

"我国政治经济的趋向"，她的名字随处都能见到。

战后，继男爵死后，政千代死于斑疹伤寒。国木田对政治产生热情也是从这时开始。一种天真而又阴险的复仇的热情，在他心中燃起了。

战争结束后，赤坂的中河茶亭[1]，等同于他家的厨房灶间。那里有寿美江，有桂子。此外，新桥有京子，有小里。若去京都，有荣龙。

"我对依仗诸位热诚而不断上升的生产实绩的成果表示祝贺，特别要向背后令人热泪盈睫的美谈之主送上一顶月桂冠[2]，同时从财政金融方面着意收拾通货膨胀……""东京等六大都市也同山间村里一样，要燃起再建的热情，自觉担负起和平国家的光荣使命……"全都是用这些文理不通的病句组合而成的稿子。但是，没有时间反复推敲，不可抗拒的困倦开始袭击国木田。

只要最小限度的睡眠就足够了，这是成功者共同的形象语。由此看来，他的那种只能认为是睡眠不足而引起的不快，应归结于某种高迈的动机，创造着一天灵感的源泉。他虽然满心不悦，但早饭的食量依然很大，这样的人哪里还有？乡下送来的贺礼腌白菜，被国木田大量投入那张地包天的嘴巴之中。他一边吃饭，一边考虑起用被外局[3]长官贬职而得不到重用的T担任副大臣。T在财务省局长级中资格最老，虽然头脑糊涂，但极为顺从。在那些秀才局长们的上面，借助一位傻瓜，便可以自由操纵全局。这是个颇为聪明的主意，未等到国木田灵感出现，省内已经流传开了，不久又传到社会上，正如既定的事实那样。

考虑到大臣的情绪，夫人和秘书虽然也一同坐在桌边吃饭，但大

1　原文为"待合"中河，明治时代供游客饮宴狎妓的街头茶馆。

2　用带叶的月桂树枝编制而成的花环，古希腊用于奖励体育竞赛中的优秀选手。

3　直属于内阁而单独设立的机关（厅或委员会）。

都默默无语。礼品鲷鱼，被静静地拆开了。

"这个……"国木田从睡衣口袋里掏出任命书一般折叠整齐的原稿，一手递给刚放下筷子的松方。就像那些问牛必答马、问白天必答黑夜的游戏中的人，松方出现了神经过敏似的反应。

"是就职演说原稿吗？"

"开头该说些什么，等午后再定吧。在那之前，先请大臣秘书处的人誊清一下吧。"

他说着，便站起身来。国木田一边走在廊缘上，一边环顾着周围，看有没有躲在院子里胡乱拍照的摄影班子。他在想，要是看到有人，就严加申斥，权当是一次晨练。只见梅花盛开的庭院，在欲雪的阴天底下，展现一片颜色欠佳的草坪，看样子没有人躲在这里。家中静悄悄的，与喧闹的昨日恰成对比。

国木田突然觉得自己很可怜，像是被舍弃的人。虽说是一种不合情理、无缘无故的感情，就像舌头触到龋齿洞一般，总有一部分感情中隐含着自己是个废物的感觉。或许这种感觉触及心灵的舌头了。

九时半，第一次上班同前任交接工作，拜会国会各部门，然后预定下午召开全省会议，举行就职演说。从前有个惯例，即先邀集上层领导讲话，但前任大臣在任时期，这一惯例因受到工会抗议而废止了。

松方手握用铅笔写的草稿，于一个阴霾而寒气凛冽的早晨，赶到大臣秘书处。他不打算送秘书长过目，直接命令下属清稿。他正在寻找一直在上班的写得一手好字的老秘书，这时秘书科长拍着他的肩膀说：

"啊，祝贺，如今还在搞事务吗？应该称副官或秘书长了吧。"

"呀。"

"誊清稿子吗？"

这位个子矮小、动作灵活、有着小学优等生特色的男子，听他的口气，仿佛宇宙间不论发生什么事，他在五分钟之前就知道了。

"呀。"

"好了，我接下来吧。大臣回头到国会去，只要在他回来之前誊清就行了。"

说罢，稿子已经交到秘书科长手上了。

秘书长室成了省内领导层的会聚场所。虽然简易却是新装修的会客室，设备齐全。铺着丝绸桌布的桌子，依旧按规矩摆放着松树的盆景。财务省大权在握的预算局长，坐在靠近火炉边的安乐椅上。秃顶的人就他一个。一副赶车人的脸孔，却天生长着一双同表情极不相称的细白的手指，看样子是极其干燥而毫无情趣的手指。看起来，他那种头脑极为锐敏的主儿必具的寂寥，被灵活的面部表情所背叛，好不容易由手指代表了。剩下的四个人，是分别占据省内各重要岗位的局长——一帮子爱好社交、心情愉快而又精力充沛的阴谋家绅士。

"新大臣是怎样的倔强啊？连《东夕》的角谷记者也都惊呆了。听说初次阁僚会议结束后，他走到首相官邸大厅时，总理的雪茄上掉落的烟灰烧焦了地毯，站在一旁的国木田没有用脚踩灭，而是特意将总理叫回来，让他亲自将火踏灭。"

"这么说，比起财务大臣来，他当消防署长更合适。"脖子上长疮贴着膏药的经济局长说。这人的习惯是一边搭讪，一边瞧着别人的脸。"干脆让他乘消防车，直接坐到国会去吧。"

其后便是随意联想，什么没有"忘记管子吧""寿美江怎么样了"等等，都是些不正经的调侃。这些话题一旦从谨小慎微的绅士们嘴里流出，就会引起对国木田超出想象的深深的反感。同时，对于郁愤的预算局长来说，这多多少少也是一种阿谀奉承。因为，如果顺利的话，预算局长应该当上副职，这一点他本人也觉察到了。因此，他必须更加显得高姿态些。他的名言是厌恶工会，由此被工会视为最可恶之人并贴了漫画，画着他榨尽会员们的鲜血，用来酿造美酒独饮。他曾经要求他们撤掉这幅恶毒的漫画。

"呈请多加润色。"

秘书科长走进来，他关好门，转过圆圆的脸孔，将手中的原稿捧上额际。

"写得符合事实吗？让我瞧瞧。"

"我也没有看过。"

"那好吧。"

这种事儿，正好像他带着某种漠然和不安的恶意，又因这种恶意寻不到发泄对象而深感饥渴，当心情处于此种飘忽不定的情况下，忽然有人投来了食饵。

"什么呀？这是。'同一二三……号召'，好叫人摸不着头脑，该不会误以为是开运动会吧？"

"支离破碎，前言不搭后语，仿佛是在到处宣传近来大臣们素质的低下。就连我们这些阁僚们，也都被看作傻瓜。这真成了麻烦啦！"

"更可笑的是，简直没有一点儿智慧，在伦敦时学的知识丢到哪儿去了？这种人或许只适合永远当个商家代理什么的。"

大臣

"看来，从一开始我们就被耍弄了。"预算局长一语道破。

"必须叫他说明白。"

"即便如此，也还是不堪卒读，字也写得很差。"

"可不是吗，字也很差。"

"我没有看到过他的手迹，不过……"经济局长小心翼翼将原稿对着明亮的窗户瞧看。

"字写得软塌塌的，仿佛是叫哪个女人写的。这种事儿国木田干得出来。"

这种相当接近事实的臆测，随之得到漠不关心的"真的吗"的回应。预算局长独自一人带着疲倦的脸色回到自己的椅子上抽烟。此人每当面有倦意的时候就得多加注意。果然，他叫着秘书科长的名字。

"秘书科长，改一改再交给他，你看怎么样？"他一只手握起拳头，轻轻捶打着脖颈，听那语气，仿佛突然想起什么重要的事情。

"啊。"

"我认为，一开始就有必要让他好好嗅一嗅财务省内的空气。那么就由我负责修改吧。我去对秘书长说一声。"

"那太好了。"

"总得寻个理由才好。"

"是要寻个理由。"

国会下了通知，下午两点开始进行就职演说，财务省半"工"字楼的庭院内，逐渐会聚着省内的职员。

两点差五分，大臣的轿车抵达财务省。

松方立即去秘书处取誊写的讲稿。

出乎他预料，秘书科长把一份改头换面的讲稿交给他，一眼看出这是事出有因的，松方哭笑不得。假如大臣直到演说之前还未发现原稿已经被调包，那么这就是自己的过失；要是提前加以说明，那也只能一个人独自挨骂。回想这几天以来，跟在伯父后头东奔西走，他惊诧于世间尊敬之情的极度匮乏，这使他深为不解。尊敬是一种未必可以兑换的纸币，寻不到一点儿黄金的感情。不管多么缺乏，也不管拼命获取了多少，到头来都是两手空空，一无所有。松方思忖着，全世界最不受尊敬的人也许就数自己了。

读着誊清的讲稿的国木田，动了动眉头，那地包天嘴唇更加可怕地突显出来。一二三、秀勇、寿美江、桂子、小里、荣龙和京子，都一概从原稿里消失尽净。自己所认识的美女似乎全都死光了。然而，他那倔强的傲岸不屈的青春，老皮革般硬化的青春又复苏了。他要用类似争夺女人的勇气复仇。凭直感，他明白这是预算局长搞的鬼。松方秘书官战战兢兢一直眺望着大臣室楼上的窗口。他看到通往中庭的三座大门里，陆陆续续走出一些人来。其中，一位年轻人的肩头，飘扬着带有时髦花格子的黄围巾。

"讲稿仿佛见鬼了。"听不出国木田愤怒的声音，"啊……"他又看看国木田的脸，原来那一副可爱的福相，看上去眼皮浮肿，昏昏欲睡——蓦地在口中念念有词的理由，无非是对"省内的事""同工会的纠葛""第一印象的顾虑""明知僭越也要修改"等老一套词语巧加藻饰，使之灿然生辉，变成官府风格的壮丽的答辩。假如大臣索要原来的讲稿，那就不失为一篇极其高雅、郑重且有震慑力的辩护词。

但是，国木田就此作罢，没再说什么。"好了，就这样吧。"他摞下这句话，便朝通往中庭讲坛前面的楼梯走去。站在楼梯下面的秘书科长，对他施行宫廷风格的敬礼。在这样的境况下，人们还是以如此爽快而高兴的行动为他引路，国木田感到社会依旧将他看成是劳苦之人。

听众用鼓掌迎接新财务大臣，冷淡而懒散的掌声。

稀薄的阳光下，讲台周围并肩坐着局长们。预算局长在公开场合大都这样稍稍歪斜着脑袋，双手交叉在前。这种姿势，表示虽有疑问但先听听再说的心理状态。副大臣的一通欢迎词和工会委员长伴有众多小动作的欢迎词过后，国木田财务大臣登上讲坛，开始淡淡地读着交到他手中的讲稿。那种有气无力的声调本身，听起来就是对预算局长颇为柔软的复仇的暗示。皮球般亲密地反弹而来的则是对自我权力的快活的回应。

"职员工会诸君……"他继续向下读着。读到这里，眼睛离开讲稿。"职员工会诸君！"他再一次大声疾呼。预算局长猛然一惊，抬头仰望大臣的喉咙。

"我来本省，期待着同诸君促膝交谈……"

这是不该有的事。对于被评判为过于激进的财务省职员工会，国木田开始历数其优点与功绩。其实，这是对预算局长最大限度的恶作剧，最大限度的复仇。局长们幸灾乐祸地暗暗窥视着预算局长苦涩的面孔。

听众们喊喊喳喳地低声议论起来。对于内部的情况，他们都能想象得到，因而身为共产党员的年轻工会职员们互相对望着，发出一阵讪笑。

尽管如此，对于大多数听众来说，这位亲自创造众多奇迹、体貌堂堂的新大臣身上，辉映着一个奇异的鼓动者的影像。随着激烈的演讲，大臣肥硕的脖颈上打皱的衣领，仿佛一只跳动着的雪白蝴蝶。上唇被唾液濡湿了，嘴巴两端如马一般垂挂着口涎。看起来，他就像一个不自觉地向某种教义尽忠的人，一种诚实，即一旦发作后自我几乎难以控制的依托于现象的诚实，勾勒出他那张红光满面、肌肉松软的脸。因而，对于他周围的听众来说，此刻正犹如古代的群众静静聚集在神灵附体者的身旁。

"我打心眼里热爱工会诸君。"国木田说出这句话的时候，此事已经达到了高潮：听到一部分人狂热地鼓掌，别的地方传出一阵奇妙的窃笑。于是，令人扫兴的认真的"嘘"的制止声，压住了那些窃笑。

留在房间里的两位打字员，从三楼窗口眺望着这里的情景。底下的声音几乎听不到了，沿着护城河疾驰而去的"都电"[1]的轰鸣，冲击着被微弱的阳光照亮的建筑物的墙壁，发出巨大的回响。

"那个背对着这边的人是谁呀？"

"讨人厌的人，他就是大臣。"

"长得肥头大耳。"

"一定是营养很好。"

她们两人不约而同地想象着，若能做得上那人的妾，便尽可以享受富贵荣华。

1　东京都的电车。

和平时不同，房间里变得空荡荡的，上访团边走边好奇地向里窥视。电热器冒气时咝咝的响声，年迈体衰、鸡骨支离、毫无作用的青江老文书口中的唧唧咕咕，就是这里声音的全部。

"××一二六八。"

"××一三五八。"

正在刻蜡版的老文书，一边写一边嘴里念叨着。他突然郑重地放下铁笔，站起身来，和打字员她们不同，他从另一个窗口遥望中庭的演说，那一张脸上即便被用力拍打也浮现不出什么感想来。

他一回到座位上，口里就嘀咕着："这回的大臣，是谁呀？"

他只是这么说，看不出有一点儿晃动的好奇心。接着，他又埋头于那没完没了的工作中了。

"咯吱，咯吱，××一八六三。"

"咯吱，咯吱，××一七九一。"

"咯吱，咯吱，××一五三六。"

……手边的桌子上，明显放着今天的早报，上面刊登着阁僚一览表和纪念照片。对此，他也懒得拿起来看一看。

一九四八年十一月三十日

魔
群
的
通
过

一

门口的灯亮了。接着，水泥地面上传来冷寂而沉静的木屐声，可以知道是个女子。紫色的衣袖抵在格子门的毛玻璃上，弓着身子的侧影，插入钥匙正要开门。

伊原知道，格子门内的人儿是从看不见的家里走出来的。其中有五年前拒绝他、眼下依然独身的恒子，以及自那之后一直未来访问的蒣屋家里的、最近突然遇到并邀他一道来见面的蒣屋护——恒子的父亲。伊原很清楚，等着他的将是一次无聊的男人们迂执的集会。尽管如此，伊原毕竟到了偏爱早已明白无误的事情的年龄。这是因为，即便将往昔以登山家自居的他同今天的他相比，也并没太大区别。经登山家特有的关于征服的巧致计量所证实的那些所谓"美丽的恶策"——

将地球比例尺移植到现实，以把未知收存于显然既知的掌心，这一明朗的、不耻于为人所知的恶策被他面部的双眼诉说着。这双眼虽然一直闪烁着眺望远山的光芒，直到四十岁的今天依旧没有消失，但那已经绝非梦想家的眼睛了。

幽暗而美丽的眼睛从被打开的格子门后面仰望着他的眼睛。接着，恒子似乎稍稍向格子门后面缩了缩身子。

快活的无所感动使得伊原大喜过望。瞬间之内，他饱享着一个不拘泥于五年前不快记忆的中年男子所具有的任其所为的宽容。

这个家庭已经没有雇用女佣，未能习惯的劳动仿佛对她的笨手笨脚做出回报，恒子到二十五岁已经显得过于衰老，似乎连有意突显着秀挺的鼻官也是一个征兆。然而此种老相具有某些未知而新鲜的内涵。这种慌乱的凋落之中，似乎萦聚着临近枯萎的玫瑰幽暗而芳烈的香气。

她没有再度仰望伊原庆雄的面孔。看样子，猝然袭来的沉默，强使她热衷于所谓的"精神的走钢丝"之中。从玄关薄暗中招呼伊原进来的恒子的白色布袜在运动着，只有这双小脚远比年龄稚嫩，简直就像在走钢丝一般显得轻率而又热闹。

"请等一下。"她要到里边向父亲通报一声。

"发卡要掉了。"

"啊呀……"

发卡在耳边随着轻率的动作危险地晃动着。实际上，伊原本来打算视而不见，可不知怎的，她临离去时，如此微妙的提醒自动打他的嘴里流出。这句乍看起来颇显亲密关照的语言，反而令他发现自己依然站在她的另一方河岸。

穿着捻线绸衣服的蓈屋护，沿着恒子走后的廊下小跑而来。绝不跑动的男人，对于等待中的客人绝不会感到有跑动义务的男人，煞有介事地像女佣一样在院里奔跑着。所有这些地方，都让人想起那是他愚劣的自我摹写。就连端丽的光秃的前额，看起来也像赝品。他自己已经不能与如今的他相适应了。

"呀，欢迎啊！"他首先无偿地寒暄。过去，他的这套礼仪需要付出高昂的代价。

伊原这位年长的朋友，青年时代曾自认为是伊原的榜样。从京都大学时代的游乐，到烟斗的好坏、裁缝手艺的优劣，无一例外皆为伊原所效仿。其间，每当在国营电车内遇到穿着西服的倦怠的蓈屋，伊原最先觉出的不是蓈屋的可怜相，而是不得不瞧着这样的蓈屋的自己的可怜相。要说唯一不变的，那就是优雅礼仪的巧妙运用。

"对不起，"他说话时一副郑重而慢吞吞的语调，"首先交会费吧，五百元。"

一边匆忙夹着苦笑，一边慢吞吞说出来的话，或许反而加深了屈辱的印象。蓈屋故意慢腾腾说话的意图，刺痛了伊原的心。宛若玩杂要时吞下利剑的修行者，见了使人毛骨悚然。蓈屋用这样的方式越发深地伤害自己的钝感，以此来努力掩护着身子的颤抖。

"哎呀，好贵啊！"

伊原咋咋舌头，装出一种充满鄙俗的不满的表情，这为蓈屋的努力增添意味，使得蓈屋就此寻到逃脱的出路——让他将被识破的努力说成是做戏的出路。他眨巴一下眼睛，接着落落大方地笑起来了。

"什么？作为黄色电影票也许太贵，想想这能救活父女二人的命，就不算贵了。"

客厅内已经坐着三位客人。里面的长椅上接连不断地腾起阵阵笑声，身前紧抱着一只大手提包、一味垂着头的垣见夫人，忍受不住那种哄笑，气喘吁吁地叫道："别吵啦，别吵啦！"坐在她身边的是被开除的实业家辻，他用那张大和绘上时常见到的小嘴，令人生厌地不住念叨着一种经文似的话。这位胖墩墩的初老的公司经理，总是一副讲下流故事的调子。说起下流话来，一点也看不出是个严谨的人。

长椅背后有个背影，那人正在倾听黑暗的廊缘外夜间庭院里几乎听不到的虫鸣。那脊背敏感地动了动，越过尚未发觉的辻和垣见夫人，用一双纤弱的微笑的眼睛迎接伊原。他就是过去立志做小说家、眼下依然无所事事的曾我。

他们三个都是伊原的故知旧友。

"好久不见了，你来得正好，眼下被这位好色老爷子给咯吱死了。"

"我可没有咯吱你呀。"辻天生一副冷淡而暗暗自得其乐的、带有鼻音的语调，同他的年龄很不相符，"不要再胡乱开玩笑了。"

放着卧床将近十年的丈夫不顾，整日在外游乐的垣见夫人，还是给丈夫吃了八十多种治疗中风的药。她还迷信那种奇怪的按手疗法[1]。

"这样的老爷子，要是及早地慢慢患上中风病就好了。"

1　属于信仰疗法的一种，《圣经·马可福音》第十六章十八节里有经文如下："手按病人，病人就必好了。"耶稣以按手代表医治与祝福，门徒以按手表示医治与委身。

"患上中风，每天早晨被你下点儿毒，能活上十年想必也很快活吧。"

"你好啊。"曾我伸出明显贫血而满布褶皱的手帕似的手，这是一只感觉不到抵抗、厚重与体温的奇异的手。对轰响于耳畔的蹩脚的相声，曾我装作全然听不到的样子。他如乡下姑娘守卫贞操般地坚守着顽健而藐小的自己，这是他历来的性格。这并不是对辻和垣见夫人轻蔑的表现。对于自己不感兴趣的事一概装作没听见，这似乎是他自身的一种 étiquette[1]。因此，对他尚觉中意的对象故作亲密时，不必要地使用低微而苍白的语调。

"很想见到你呀。"他带着奇妙而茫然的眼神，握着伊原的手轻轻摇动着，"能见到你这样的成功者，深感是一次心灵的净化。"

伊原颇为厌恶。他觉得被要弄了。以往，这些人为了愚弄人，总是不惜使出惊人的热情，施展奇策巧计。然而，今天他们的贫嘴与恶谑，越是不想自己被嘲讽，转来转去反而又返回到自己头上，这本身就是他们情感衰退的标志。——伊原花费好长时间才悟出这一点。

在这帮子朋友之中，伊原是唯一站在摆脱战后落伍者的立场上的，他面对这些人努力表现谦虚的态度，忍耐着令人叹惋的轻轻喧骚。当然，这种谦虚本身，满储着众多轻蔑的甘味。

桌上的白兰地仅仅透出一点儿空明的瓶肩。辻尚未喝一口酒就醉心于说下流话，这是他的癖性。如今，他就像僧侣饭前念经般被人盯着。

---

1 原文为法语：礼节规矩。

他被除名之后，据说一直专注于 erotic[1] 小说的创作。他带着一副不悦的面孔，从长椅上站起来，模仿两股间夹着王冠静静行走的女神游乐厅[2] 的裸女，腰肢异样地在地毯上缓缓走动起来。垣见夫人用戴满戒指的手，懒散地叩击着膝头的靠垫，一边反复说着这样的话："算了吧，算了吧，好恶心的老爷子，快别这样啦！"说着，她便将那双天生极富性感的媚眼投向伊原。

"傻里傻气的女子！"曾我一边将伊原引向特别昏暗的墙边的椅子，一边说道。他夹着香烟的手指被烟油熏染成玛瑙色，纤细地颤动着。

"正因为知道自己傻，才更加难于对付啊。女人这东西，当知道自己是傻瓜的瞬间，就立即陷入这样的循环逻辑：自己既然能懂得这一点，就是个聪明的女子。"

对于这种小说般的说法伊原有些不耐烦。他喜欢那种技术虽然拙劣，看起来却像个画家的人。

"虽说是傻瓜，我却喜欢。"实际上，对于伊原来说，再没有比垣见夫人更加令他不快的女人了。曾我对此透彻的看法将计就计，仿佛小少爷长大了，轻易就上钩了。

"你喜欢那个女人吗？是的，我明白了。在战后令人窒息的空气里，那个女子不为自己呼吸的空气而感到苦恼。这首先因为，她的脑

1　原文为英语：色情的、肉感的。
2　女神游乐厅是巴黎的一家著名夜总会，其演出以华丽的服装、堂皇的排场而著名，时而有裸体表演。

魔群的通过

髓、心脏的通风都太好了。"

"一到冬天就受不了啦。"

"不过，那个女人不愁没有煤炭。每周同辻睡过的第二日，肯定又跟一个姓 K 的男人共寝。你猜这个姓 K 的男人是谁？原来是一位经常进出其家门的脏兮兮的挑担贩卖的青年！"

可叹的人们！犹如无法吸收一切营养的濒死病人的胃袋，他们的灵魂处于无法接受有效的、有意义的、高贵和美丽之物的状态，强行摄取反而会招致死亡。穷途之余，他们就蔑视维生素。事实上，这些对他们都有毒。如今，只有引导他们走向衰亡的元素，才能勉强为他们的胃肠所接受。正如吗啡中毒者，除吗啡之外不指望其他任何药物。

虽说如此，即便对于依靠自我谄媚这一观念而活着的他们来说，并不凭借情投意合和信任行事。可以说，这是一种可悲的同类相残。这是灵魂的不健康和感情的不健康，以及浮现于心中的思绪、思想，从别人那里接受的印象，还有受这一切促使的行动的不健康与不健康之间的相互残杀。到头来，他们也会对自己的肉体大快朵颐。

接近八时，后藤伊久子抵达，加入这些客人中，今晚的客人全到齐了。伊久子同伊原初次见面，是恒子的朋友、女高音歌唱家、肺结核病人。其实，这也是她自己的宣传，究竟如何，谁也不知道。她时常会突然想起来似的不自然地咳嗽几声。

论样貌，她无疑比恒子美丽。此外，伊久子具有不带任何精神渣滓的无机物般透明的性感。耐不住精神重荷的狐狸般轻柔的削肩，稍稍稳固而微微单薄的嘴唇，具有坚挺简素线条的浑圆的胸脯以及双脚的曲线，还有朗笑之后必然夸张地晃动着头发的习惯，这些都迷倒了伊原。这里只有他们两人是初次见面，这才交换了名片。伊久子的名片和男人的一样大[1]，未加修饰，明体铅字印刷，颇为精致。

"请小心些。"伊久子对恒子说有事要出去一下，曾我一边将落在桌面上的白兰地酒滴，用裹在手指上的手帕偏执而仔细地揩拭着，一边叙说道：

"她呀，相信自己因患肺病已经活不了多久了。因而，想在死之前立志'百人斩'。"

"这是真的。"辻有些扫兴而又真心觉得有趣，他带着这种口气从旁帮腔，"听说蓐屋君是第九个，第十个不知是谁。但以这种缓慢的速度来看，她得活好长时间才行。"

垣见夫人奉行"对同性的谣传不置一词"主义，她用微含歹毒的眼神比较着男人们的前额，面上浮现出傲慢的孩子似的表情。对于假装正经的她来说，比起受男人们夸奖的美女，那些被男人们竞相挑剔的美女，才是引起她锥心般嫉妒的根由。

可是，人们的注意力都转向了做东的人那高亢而带有神经质的呼叫：

"准备好了，都请到对面宴会厅去吧。"

蓐屋站在卷起丝绸帷幕的拱形门下，对着室内的人们吆喝道。听到他的呼叫，大家都像解散的活人画一般，急忙改换动作站立起来。

1　日本女子的名片一般比男人的短小而精美。

十铺席的房间并行排列着坐垫，壁龛前挂起一面十六毫米放映机专用的银幕。片子是过去蔗屋在巴黎搜集起来带回国的。今夜的客人中五位有三位以往去过巴黎，正因为对这些黄色片子深感兴趣，才聚集到这里观看的。虽说尽是些已经"起蒌[1]的人"，但他们巴望从已逝的往日游乐时最为外露的毫无掩饰的映像和回忆之中，寻找出堪称"不醉之酒"以及堪称无情的情绪、明晰的陶醉般的东西。今日的时代，或许随处都会促使他们怀想过去，并通过免于伤痛的办法治愈这种激烈的憧憬，将这种憧憬经过处理转变为更加饱含伤感的永久的回忆的甜汁，由此重新酿造出生命的碳酸水的味道。

不愿意进入宴会厅的伊久子和恒子发出的明朗而洋溢着青春朝气的笑声，尽管带着几分漠然的非难与轻蔑的回响，却依然毫不奇怪地震荡于人们这样的心理之中。

"我不喜欢，我情愿一直待在别的房间里。"女高音歌唱家说。她那被挤压的手镯反弹后触及房柱，发出一声脆响。

两人你一句我一句发出看也看不见的议论，粗暴地涨红着两颊，野泼泼地走进房内。女人的香气，暴风一般在夜间的屋子里扩散。伊久子坐在伊原的身边。光线变暗后，银幕突显出来，银幕折射的光线映照着她的眼白，放射着宝石的粉紫色。

一盘、两盘，一共十多盘。不用说，内容大同小异。掌握放映技术的蔗屋护同时担当潇洒的解说员角色。

1　形容人已过盛年。

为了逃过海关的眼目，影片开头补入了一段美国摄制的动作片的字幕和片首部分。一队恶人骑马驰过一片荒原，放牛的牛仔紧追其后。伊原以前曾在葵馆看过稍长些的无声电影。

"意大利安布罗西奥公司花费巨额、拍摄长达数月的全五卷三百一十五场七千二百尺的大作《奥赛罗》"，"美国韦塔格拉夫公司制作的全二卷一千八百六十五尺的《天罚》"，皆为巨型大片。

这时，牛仔的大特写忽然转为卵黄色的背景，稍显做作的布满玫瑰花纹的沉郁的字幕，伴随着放映机慵懒的旋转声浮上画面。

Leçon d' Amour[1]

人们看到了。落叶飘零的卢森堡公园，坐在长凳上的两个女人等待着一个男人。她们伴随这位男妾向奇特的旅馆走去。其后，画面的过程无非就是那些事。人们亲眼看到了女人们重重地戴着时髦的帽子，男妾长着如今区政府小官吏那种难得一见的胡子，还有这些流行色的模仿、行人高视阔步的银座大街、那座红砖的建筑[2]……他们所共有的前次大战后的黄金时代一个阶段的幻影，历历如在眼前。他们的眼睛看到两位裸体贵妇人那种稀有的肉的盈溢、影片那富有悲剧意味的速度、迫使女人们几乎付出庄严的热情、一任她们摆布的男人猎犬般灵

魔群的通过

---

1 法语：爱的一课。

2 似指旧时东京车站。

活的顺从……这一切只是等于看到了他们的"大正时代"。对于他们来说，看到肉体交接的甘美，和沉浸于过去的甘美，竟然如此同质同类。

然而，如此充满想象力的诗中有错误。伴随着放映机慵懒的响声，正如画面里滚转在一起的男女模特儿，这些人如果只为金钱而率真地相爱，那么大正时代不用说了，继续在现代而无视忧愁、充满活力地活着也是可以的。他们的衰亡，全部来自自己本身的不诚实。即使是时时获得成功的伊原，只是偶然允许例外，本来也应该属于这一族。这一点没有什么改变。

最初的两卷放完，打开电灯，这时，来客们被突如其来的叫喊震惊了。

"真受不了，给我们看这些东西！"

仿佛挨打的狗，这一阵激烈的娇声惨叫，甚至使得伊原想到，这正是垣见夫人为了显示自己的存在而奋力道出的一句台词。辻从旁给予冷淡的鼓励。

"怎么了？哭得像个孩子，不觉得难为情吗？"

垣见夫人从来未有过想说而一直没有说出口的话，哪怕是关于这种不光彩的话题。

"我呀，你猜怎么着？看了这些，想起一同睡了十年的丈夫的脚心来了，他不爱走路，那脚心可漂亮啦！"

曾我扬起苍白的脸苦笑。

"你想说什么就说什么，这种怪癖就是想把自己的毛病传染给别人，不是吗？"

"你想阻止吗？"看来蕗屋早已预料有人反感，所以直截了当地问道。

"没关系，请继续。"

"好了，我倒不在乎。"

被吸引到那里的伊原，听到自己身边大幅晃动一头浓密黑发的声音。是伊久子。她低着头，一只手支撑在后面的榻榻米上，另一只手正以鲜红的指尖儿，缓慢而热心地摆弄着自己胸前的纽扣。这既像是梦中的动作，又似乎是某种秘密的举止。恒子呢，则像被一箭射中，纹丝不动，端丽地坐在一旁。

各种爱抚展示的十二卷放完了，花费两小时，在来客疲惫的心里栽培了顽癣般的忧郁。战栗，伸展，摇摆不定又猝然静止，众多雪白肉体无声的横陈，一概都是极为无聊的东西。他们一边纵情地发出彼此相通的狂笑，一边分散而去。没有赶上末班电车回镰仓的伊原、辻和垣见夫人三人，决定住下。

"恒子，快铺床。"

"哎，这就来。"

打从失掉母亲之后，父女二人就经常这样，伊原看得出，蔼屋和恒子的关系中具有某种甘美的情愫。

蔼屋领伊原去寝室。他坐在理好的床铺一旁，一边回忆起那位帮他弄到这些影片的红鼻子犹太女，一边于衣着随便的宽阔的胸怀中，展露出今宵作为主人的轻松愉快。额头上的秃顶也很合乎如今的他。伊原想到这里，脸上顿时装出颇为急躁的钝感，宛若变脸艺人蓦地在嘴角粘上假胡子，他也将生硬的微笑贴附在嘴边。

"那就决定了，按规定住宿费要先缴纳定金。"他说。

"哦，你说什么？"

"一宿五百元，带早饭一共六百五十元。"

伊原呆住了。他凝视着说出这番话的蓆屋一动不动的表情。蓆屋当着伊原的面毫不服软，对于外来变动的不合常识的事，人们感到恼怒也是理所当然的。对于这种社会的变动，蓆屋护力求不负任何责任，以免强使自己恬然适应此种不合常识的行为。就像冷淡的父亲对孩子不合礼仪的举止放置不顾，他对自己如此脱离常规的行动同样放置不顾。应该警戒的唯有那正欲遮蔽"放置"的自我之爱。现今的蓆屋护立于如此利己主义的远方！

蓆屋富有品味的能乐演员般的手掌，接过伊原从钱包里掏出的六百五十元钱。伊原反而感到屈辱。他或许再次成为蓆屋的学生。为了驱除这种感情，伊原随便思考着，明日一百五十元的早餐将是怎样的菜肴？会不会是京都时代蓆屋爱吃的醋腌黄菊和腐竹？

想着想着，走廊上响起清脆的脚步声和娇媚的嗓音，打破了横在两人之间的沉默。是垣见夫人的声音。听到了仿佛覆盖一切的辻的鼻音在嘀咕着什么。隔扇猝然打开，辻向里窥视的面孔，或许因黑暗的缘故，看上去异样苍白。

"如今这位啊，上洗手间也害怕得不行，所以我必须跟着她。"

"哎呀，胡说，伊原先生，他净胡说。"

听到声音，躲在辻背后的夫人会是一副怎样狼狈的样子便可想而知了。

伊原反射性地转向蓆屋问道：

"他俩的住宿费呢？"

"男女一对儿要贵些，一千五百元。今晚上只有一对儿，这倒很少有啊。不过，我这里，只限于老朋友或经他们介绍来的极亲近的人，其他人是不收住的。此外还有为情人专设的幽静的厢房，也欢迎你随时使用。"

这种广告般的说辞，既像故意耍嘴皮子，但也并不尽然。蕗屋过去本来就有用冷淡的表情开玩笑的癖好，眼下他半开玩笑地讲明这些规定，看来无疑是对他往昔纯粹的潇洒气质的冒渎。他希望人们不再将他自己认真为了生计的说辞当作玩笑对待，哪怕一丝一毫。对此，他必须小心翼翼。

"晚安！"说罢，他走出屋子。自家宅邸能收住这么多房客，作为值夜主人，他转过颇为相应的凛然而大度的脊背。

伊原累了，犹如接连不断表演危险的技艺之后的劳累。

他燃起一支香烟，环视一下四周。此时，他才发现自己寝床雪白而冰凉的床单上没有枕头。为什么不放枕头呢？就连这种奇妙的"没有枕头的寝床"也能平静地获得并照例接受，对于伊原来说，这是多么想当然的事情啊！这几个小时内汇集一处的人们所发散的一言难尽的瘴疠之气，侵蚀了他对事物的看法，将在此种现实的计量之上不惮放置遥远的山脉的伊原，简直变成了一个无性格的人，不是吗？一个可以照例接受无枕寝床的无性格的男人。

隔扇被迅速打开，伊原望了一眼走进来的恒子。

"对不起，为了寻找枕套，送来晚了。"

她满登登略显夸张地抱着平纹细白棉布套子包裹的枕头，伊原惊异地凝望着那身一丝不苟地绣着箭矢图案的紫色和服。

"谢谢你了。不过，这么晚还在劳作，这样有害于健康。你究竟何时就寝呢？"

"哎，这就好，这就好。"

此后，两人仿佛被命令般地沉默不语了。

恒子发现伊原的视线倏忽横扫了一下打开来的隔扇。

"我和那些人不一样啊！"她突然喊叫起来，"只有我不一样，你认错人啦。"

伊原转过脸来，他不愿意看到女人那副激动的面孔。

恒子优雅地抽动着鼻官，出去了。

翌日早晨，垣见夫人照例发出剧烈的叫喊，惊醒蓏屋家里的人们。辻死在被窝里了。黎明时分，垣见夫人听到他说梦话似的呻吟，开灯一看，他的头迅速滑开枕头，弓起身子，脸孔扭曲着，痛苦极了。这是心脏麻痹。

二

伊原将车子停在一座大楼前二三百米之处。他和朋友合伙创设的旅游公司办事处，就位于这座建筑的第五层楼。他从法桐树黄叶下的柏油路走向另一条柏油路，穿过假日里似运动场般宽阔的大马路。他正是从那里逃出来的。他绝对不想参加辻的葬礼。尽管如此，他散步的双脚像越狱那样，有些过于急促了。

简直就像进入魔窟的翌日早晨，心头有个无聊的疙瘩，这是怎么回事？昨夜喝的白兰地酒，量也不多，昨夜睡觉也没有做一个梦。

总之，很无趣。老朋友一夕之会，乘兴"鉴赏"了色情电影，其中一人翌日早晨猝死于床上。仅此而已。那种地方，比起单纯的猥亵，更有一种难以收拾的东西，不是吗？一个四十岁的男人，即使同陌生女人同寝，充其量也只能达到玩扑克的程度。对于此种不会发生任何事情的"绅士"的一夜中，足以促使人呕吐的某种东西——反过来说，足以使他清净地觉醒的某种东西——恐怕正是隔十数年后使伊原庆雄那青春期特殊的症状，即清净的无趣得以复活的某种东西。

身在其中，只教他以轻蔑的那些自我堕落的人，如此回忆起来，就如同古代雕塑仅躯体之美确实被保存了下来。他一边沙沙沙踏着阔叶树的落叶，一边倾听脚底踩碎的枯叶火焰般燃烧的响声。他固执的厚唇反抗似的嘀咕着：

"哎呀，那里有魔鬼。魔鬼装出亲切的表情诱惑我们。但是，他们可以居住的只有夜晚……"

格外秀美的高层建筑五楼的玻璃窗辉映着云朵，似照片底片一般，伊原抬头一看，便由刚才自己所持有的黑暗的思虑，飞转向不远的旅游公司所需要的宣传画的空想上了。他希望他所喜爱的日本阿尔卑斯峰峦上摇曳的云朵，尽可能呈现出洋溢着凡庸的美的图案。

两三天后，繁忙的事务又缠绕着他了。他的旅游公司正在促使股票上市，招待兜町[1]方面的宴会已经持续多日了。创设办事处（战后特

1　这里指日本证券交易所。兜町位于日本东京都中央区日本桥，为东京证券交易所的所在地。

有的现象）挤满了瞄准有前途的新公司进行兜售的形形色色的人士。既有传授"合法免税"秘诀的所谓隐蔽的律师，也有和麦克阿瑟元帅有着三十年交情的红脸的疯子。

正巧在他外出时，他的桌子被众多奇奇怪怪的名片摆满了。回来后，伊原发现一张似曾相识的名片，"后藤伊久子"——闻一闻，有香水味儿。低俗趣味！

男人似的字体写着：

"来访不遇，改日再来。"

其后，两三日不见人影。

好色的伊原脱离青年时期后，首先感到一种喜悦，那就是自己也具有不再受女人追捕的自由眼睛的喜悦，这是用过去捆绑自己的绳索捆绑别人的、小偷变警察的喜悦。这时候，一张小巧的名片，搞错了绳索的用法，打那之后他为很难再次外出而感到焦急不安。

他虽然觉得颇为愚蠢，但事实上也可以认为并不愚蠢。一个有力的证据是，他外出时不能再通知女佣，叫她一旦伊久子来访就请客人稍等一会儿了。这种心情连带着各种各样表面上的理由：可爱的不损害经理威信的理由；避免一旦传话给伊久子，使她觉得他很在乎自己的理由……然而，真正的理由是，单单因为难为情，或者迷信伊久子不会二度来访，不会超出这两点。这种天真的心灵构造中，存在着伊原那种青春年少时代喜欢遭人欺骗的心情，或许蓆屋家的一夕用讽刺的方法为他找回了他的青春。

有一天，临近下班时间，伊久子来了。

"我呀，对于新结识的朋友，必然要拜访一次。"

不知是为了遮掩那双美腿，还是因为寒冷，她三番两次用力向下拉扯裙裾。笑起来大幅度地晃动着头发。然后，做戏似的发出两三声让人联想起肺结核的干咳。

"我的病已经很厉害了。因此，我很想演一场歌剧，作为告别演出。我想演《参孙与达丽拉》[1]，可是没人为我出钱啊，伊原先生可以出吗？"

"真没想到呀。"伊原沉默了片刻。

"简直就像歌剧的台词。"

"我扮演达丽拉，如果不唱一支《春之歌》，想死也死不了。因此，只好请您出钱。"

来自虚荣心的微妙的媚态，将伊原打扮成一位从未有过的豁达的人物。

"不过，对不起，一旦要求再来一次又立马生还过来，不能只限于那种死法。"

"您是说我的肺结核病是假的吗？"

"不……患肺病的人硬要唱歌，有时也可能会死于不该死之时。不过，或许也有表现这类情节的歌剧……"

"就是奥芬巴赫[2]的《霍夫曼的故事》。"

已经是发起人会议开会的时刻了。隔着会议室的窗户，看到了经

---

1 三幕歌剧，根据《圣经·士师记》有关希伯莱英雄参孙的故事改编而成，由法国作曲家圣-桑作曲。

2 Jacques Offenbach（1819—1880），法国作曲家，轻歌剧创始人。作品有《地狱中的奥菲欧》、《美丽的海论》、《格罗什坦公爵夫人》、遗作《霍夫曼的故事》等。

室内飘浮的香烟烟雾和暮色抹去其乐天艳色的好几颗秃头。今晚会议之后，伊原也有约会。伊原打发伊久子回去了，临走时伊原约她明日到他常去的俱乐部共进晚餐。伊久子觉得当时的想法被逐一遗忘，所以翌日在俱乐部关于达丽拉的事未置一词。听伊久子说，垣见夫人在辻的告别式上烧香的时候，用她那副娇声细语的嗓音放声号哭起来。最近也是一样，但她和垣见夫人坐在一起时，自己只能佯装不知。为什么呢？因为中年妇女这类人，见了年轻女子只能是一副道学家苛酷的目光，在这一点上，女子学校具有修养的老师，和过着热情奔放生活的富裕有闲阶级的贵妇人，没什么两样。

酒杯里斟满葡萄酒，她那涂着白粉的肌肤，犹如透过毛玻璃观看远方的火场，出现一层火焰的酡酊。宛若那鲜丽温润的眼睑闭不起来，她呈现出眼角和唇边均富有力度的少年的感情，认真端正威仪。

伊原再次调侃她装病，伊久子生气了：

"您还不相信？我拿出证据给您看。对于我所交往的男人，必定以结核菌相报。这是我的乐趣。将自己的鲜血培养的霉菌分赠给大家，这正像曾我先生小说中的人物，我和这人有同样的爱好。这不仅是送钱给乞丐的良心上慰藉的爱，这种赠予同时也是良心上内疚的爱。一想起这个我就感到高兴。"

"你的话听起来，就像邪教的开山祖呢，真是个奇怪的道德家。其实这就是奇特的淫荡！"

伊久子的话，对于拥有主张优生的妻子和两个孩子的伊原来说，多少令他有些心情不畅。他对猝死在垣见夫人被窝里的辻的极乐往生暗暗抱着嫉妒之心。本来不了解疾病的伊原，对疾病没有什么实际的感觉。

"垣见夫人那样使男人即刻死去,你这样对男人一刀刀零割致死,哪个更显得富有人道呢?"

"当然是我了。对方死时,我也死了。《论语》上不是说'杀身成仁'吗?"

其后的一周,伊久子睡在伊原的寝床。走到这种程度,一切都是歌剧的步骤。夸大、粗野而甜腻腻的骚动,总之很愚蠢。她从未正儿八经说过一次话。她曾经一把抓住茶亭的女佣,对她说,小学六年级时,她第一次跟中学生来过这里。然而,床上的伊久子,那种胜过千言万语的柔情蜜意令他惊讶。当海潮般的情欲弥漫全身,她被她自身过剩的阴柔压碎,几乎窒息而死。男人从旁襄助,她再度沉溺于情欲的潮水之中。结果,她不得不反复呼喊救命。平素松松包裹着她颈项的无比性感而优柔的围巾,有时像蛇一般游动,盘绕着她的脖子。因此,在伊久子看来,她没有享受"淫荡"所含有的某种余裕,而只有乏味的过于认真的(此种意义上的道德的)热情。

不久,暮秋时节秋霜闪亮的夜晚,蓣屋家迎来了住一宿的客人中的伊原和伊久子一对儿。这是伊久子武断的提议。

"恒子,快铺床。"

"哎,这就来。"

伊原再度听到父女之间甘美的应对。那声音似乎蕴含着断念般的殷勤,刺伤了像平时夜晚一样在客房中等待着就寝的他们俩。

到了这时候,伊原才渐渐弄明白,他们二人醉后的思恋是如何伤害了父女两人的心啊!痴迷中的伊久子今晚吵吵嚷嚷要来蓣屋旅馆住宿，伊原未经深刻考虑就跟她一起来这里睡觉。这在蔗屋父女看来，既是伊原对五年前拒绝他的恒子满怀执念的报复，同时又是伊久子对不久前曾是恋人的蔗屋明显的侮辱。要是没有这番意图，那才是不可思议的。明知这样会伤害对方而又佯装不知，其后再加上不言自明、无可怀疑的敌意和残忍。可以说，既然到了这步田地，就只能继续刺伤蔗屋父女的心，别无他途。

"请来一下，伊原君。"蔗屋把伊原招呼到僻静处，光秃的额头下边眨巴着的毫无触动的双目，是一双不论怎么过分都可以接受下来的眼睛。看起人来，又是使人感到其中带有谴责意味的兔眼。只听他用那毫无玩笑意味的干瘪无味的嗓音说道："因为有规定，请先交纳一千五百元定金。"

这句话反过来又深深刺伤了伊原的心。其结果，不用说蔗屋自己，伊原也一时没闹明白。比起那种有目的的旁敲侧击，孩子或老人一句无意的话语，往往会给予我们更大的威胁。这种富有成效的算计，是否无意识地纳入蔗屋的骄矜之中了呢？

"这就交纳。"伊原犹豫了一阵，突然说道。

"这之前……有些事我想和你单独谈一谈，请到别的房间去。"

"好，请到这里来吧。"

他屈身端坐于紫檀木桌旁，用骨节清朗的指背，轻轻敲打着桌面。他想起什么似的仰着身子，窸窸窣窣掀动着典雅的衣角，摸索袖筒里的香烟。"这人不好对付啊！"伊原想到这里，觉得自己势单力薄，不知如何是好，心里很紧张。

"蔗屋先生，你不把我当成老朋友了？"

"你都说些什么呀，我们是老朋友啊。"

时断时续的言语，犹如香烟的烟圈儿暂时在两人之间飘荡。

"要是这样，有些话就不应该说，不是吗？我想道歉也不知怎么道歉。今晚虽说有些迷醉，但我同伊久子来这里住宿，真不知竟使我感到如此后悔，如此可耻！你看我这副样子就会明白吧。我本来认为自己是个很有分寸的人，如今竟然干出这般不知好歹的事情。作为一个社会人，这是不应该有的过错，我真想立即死掉！作为老朋友，你要打要骂，或赶我出去，就请随便吧！干吗要摆出开悟的样子，你那一副无所谓的表情，更加使我无地自容。既然不被你骂，也不能向你赔礼，那么就只能摆脱这种奇怪而温吞的屈辱，变成你的敌人，就你的荒唐之事踢你一脚，朝你的脸上啐一口唾沫。不这样今夜我就不能安眠啊！好了，快些表明态度吧，怎么样？你的老朋友夺走了你的女人，恬不知耻地在你家住下了。"

"没什么大不了的，不就是蚂蚁打架似的小事吗？不是什么值得大惊小怪的问题。"

他说着，这个干净整洁的鳏夫的额上，闪烁着微弱日景般冷彻而苦恼的光线。他那正想轻轻叩击桌面的指头战栗了。他瞧着瞧着，嘴角升起自大而嘲讽的微笑。他无所顾忌地回望着伊原的眼窝，说道：

"用不着想得这么多，这是生活问题。仅仅是生活问题（他反复强调）。我和女儿必须活下去。只要你给钱就什么都解决了。"

"我不喜欢这般阴森可怕、不明不白的解决。"伊原觉得自己的声音听起来就像臼齿摩擦绸缎那样。他真的在咬牙切齿哩！"至于钱嘛，以后我会以别的名义超过好几倍地支付给你。你是我的老朋友，我只是忠告你，二者选其一。要么立即扭着我的后颈赶我出去；要么不提什么住宿费，对我说上一句："今晚请住下吧，一切自便。'"下象棋的人，即使接连失利，但直到最后失败之前，都会一直陷入一举获大胜的心理之中。伊原探出身子，一边漫无意识地用手捻着西阵织的桌布，一边说道：

"总觉得你会选择后者。我与伊久子的关系，同你与伊久子的关系不能相提并论。我们像孩子般真心相爱。"

"这可不是随便说说的，你不知道生活的劳苦。"蒻屋微微满足地摇晃着肩膀，已经开始在向这位四十多岁的后辈说教了。

"生活的劳苦对我们来说究竟是什么，你的理解还很肤浅。这两三年我唯一的问题就是生活。对于大家非常简单的事，在我来说，比任何一门哲学都要难解。可是，最近终于明白过来了，可以为生活而牺牲生活。这很简单。想想我们的祖先，也都是这么过来的。"

"那么，为何还要以这种拙劣的、不知羞耻的手段谋生呢？"

说出这话的伊原，已经折服一半了。就连叩打烟灰也变得寂静无声了。"可以找个工作干一干，实在来不及我也可以出面。"

"不过，我自觉还没有落到那田地，我即便被杀，也有着啥事都不干的权利。"

这种可怕的懒汉，乍看显得很崇高。伊原以为自身已经具备的性格般的东西，瞬间在蒻屋面前再度消失了。他用滑稽的柔顺的语调说道：

"我服了你了。"

接着，他支付了当晚住宿费的押金。

进入房间后，伊原和伊久子被莫名的不安所搅乱。这一对一切经人安排就绪、不谙人情世故的新郎新娘，尝到了新婚第一夜所能尝到的新鲜的悲悯。犹如被操纵被玩耍的一对玩偶，经过一番热烈的表演，早已疲惫不堪，如今七零八落地挂在钉子上了。

"可厌的老爷子！"女人无聊时常会如此，伊久子立即说起不在眼前但却曾是最亲近的人的坏话来了，他就是蓆屋。

"真可怜啊，他才比我大五岁。"

"你真是年轻而有朝气啊，我喜欢休格健壮的肺结核患者，看来你可以成为那样的人。"

这时，有人一声不响走进了屋子，是恒子。伊久子虽然不肯改换姿势，但还是将胳膊交叉，护住乳房，两手搭在肩头。从这种场合的礼仪上看，伊原也有必要勃然变色。

"哎呀，对不起，没想到你们已来这儿。是父亲领你们来的？"

恒子睁大眼睛，用沉静的眼神扫视室内，那里只有冷冷坐着的一男一女。恒子安详的样子刺伤了伊原。当时听从伊久子的话来蓆屋家，占据伊原心中的最初的动机，就是想亲眼看看恒子会如何嫉妒。这不就像猎人对猎物的期待吗？

"没关系，不在这儿聊聊吗？"

伊久子说道。她一眼看穿伊原的心事。正要离开的恒子，露出狡黠的微笑，回来坐在两人之间。她那腰肢端正、规规矩矩的坐姿很像父亲。伊原偷偷望着那高挺的胸前腰带的起伏，就像瞧着自己的东西。

"近来，令尊似乎胖了。"

"嗯，那……"

"我瘦了，最近咯血。"

"你胖了呀，那是多余的血，吐出来肯定有好处。"

"倒挺会说话哩。"

伊久子的笑并不带敌意，她一边倦怠地微笑，一边语调里藏着亲切而甘甜的残忍，照着恒子的大腿狠狠抓了一把。

恒子嚎叫一声，扬起的喉头像雪白的脂肪，正好沐浴在电灯光下，闪闪发亮。

"好了，你们既然觉得不方便，我立即告辞。"

"你生气了？好可爱啊！"伊久子连忙伸出手猫儿般咯吱着恒子的咽喉，"今晚，咱们三个都睡在这儿。"

"你说些什么呀？"恒子顽固地不看一眼伊原，她向后滑了滑身子站起来。

"晚安。"

"晚安，明天见。"

她走了。伊久子肉墩墩的丰腴的背部蹭着伊原的胸脯，半睡半醒地说：

"恒子小姐还是个处女哩。"

一种难以名状的憎恨使得伊原将嘴唇压在这个轻狂女子的嘴唇上。她像玩杂耍一般旋转着身子，用嘴唇坚实的力量，自下而上用力顶压伊原的嘴唇。

数日后，伊原在魔王酒场遇见了自那个晚上后首次碰面的曾我。

以往闻名于世的调酒师清濑，打算恢复当年在银座数一数二的自家独立经营的店名。他以当年慷慨照顾他的生意并免于没落的一帮人为后盾，于今年春天开张营业了。伊原也从酒友们那里听说了这个消息，但今天却是第一次应邀来这里。同来的伙伴在前面的座席上快要喝醉了，不打算多饮的伊原，从两人进店时就变成干杂役的角色。不过，"魔王"是一家不设一女、诸事皆讲究贵族趣味的酒馆，既然能邀请伊原来这里，同伴的醉酒应该不是件难处理的事情。

那位一如既往面孔苍白、个子矮小的清濑，一边像魔术师一般颤动着身子，摇晃着鸡尾酒混合器，一边用那副结巴语调向新来的顾客絮絮叨叨讲解鸡尾酒的来历。这种纯然的美式风味的饮料，为何叫鸡尾酒呢？

"说起结……结论来，只能说起源不详。哦——一……一说是……"关于这类酒的成分，长期以来都是秘而不宣的。据十八世纪中叶一本书的作者所言，此酒的配方是作者从美国扬克斯市的鸡尾酒馆的美女老板娘佩姬·凡·艾克那儿获得的秘方。她在某年某日为她的未婚夫船长阿普尔顿调制这种混合酒，通过这种酒力使他增强了体力，不再被她父亲的气势压倒。而她最喜欢的那只斗鸡，简直像为这件大事祝贺一般，发出响亮的鸡鸣，拼死搏击，它那一根漂亮的尾羽，飘飘荡荡落到这位美丽的姑娘（如今是鸡尾酒馆的老板娘）面前。她拾起那根羽毛，在玻璃杯中灵巧地搅拌着。就这样，将这种饮料命名为鸡尾酒，其后就一直这么称呼下来了……

"喂，博士，住口……生意不做了？生意……干吗觍着一张苍白的脸一个劲儿谈酒，我们听厌了。'酒的来历说个没完，我也觉得很无聊。'……仁木弹正[1]在哪里？仁木弹正在哪里呀？喂，仁木弹正！"

伊原被一把抓住胸前的衣服。

"别胡闹，是曾我君吗？"

"哎呀，伊原先生！"醉汉可怕的眼神朝他瞥了一下，发出有颜色的嗓音，"对不起，看错人了。"

从清濑眉间倏忽闪现的表情，以及其他安静的顾客的眼色上推断，伊原知道曾我是这里的麻烦人物。他也警惕了，怀疑曾我颤抖的手或许会传染疾病，所以拒绝同那黏糊糊的手相握。他后来从逐渐亲密的清濑那里听说，曾我的父亲曾对清濑有过不一般的照顾，为了报恩，清濑允许他月末结算，即使曾我每次都拖欠不交，清濑也默认了。但是，曾我越来越无所约束，他的白吃白喝败坏了酒馆的风气。即便这样，小心谨慎的清濑也还是不说一句硬话。不过，小心谨慎而又很坚强的清濑没有理由对曾我放置不管，所以，这背后是不是有小辫子被他抓在手里呢？伊原作出各种推想。

这个姑且不论，曾我一见到伊原，就立即变得服服帖帖，嘴里不住嘀咕，令人心烦。"成功者，来，有义务请失败者喝一杯！"他说罢，像演戏一般转过可怜的神奇的脊背，领着伊原向屋内角落里的桌子走去。

曾我用惨白肿胀、不住微微颤动的手指，在桌面上写了个"死"字。如此抒情般的嗟叹使得伊原难以忍耐。作为小说家的曾我未获成功，

1　歌舞伎《伽罗先代萩》中的强盗、恶人。

这正是显而易见的缘由。这个人首先应该从清扫耳朵、早晚刷牙开始才是。

醉汉毫不介意地将手搭在伊原的肩膀上，夸张地反复嘀咕着。伊原思忖着，其不把自己抓住，也将会给别的顾客惹麻烦。想到这里，他暂时委身于"不花钱的牺牲"这种绅士般的快乐之中而获得满足。

"过去"……即使在这里，"过去"也以不健康的肉感到处追逐着曾我。可以说，就像卖淫女一般在他耳畔低语。十五年前，他正当"弱冠"二十二岁，曾经中选《星期日明日》的悬赏小说，用须贺五郎的笔名，在某杂志发表侦探小说，获得江户川乱步[1]的褒扬。固有的往昔的故事惹怒了伊原。未醉酒时，他不应该是如此迂执的人。

但是，伊原在为曾我调酒的当儿，曾我好容易从沉醉中清醒过来，那种醺醺然的、虚妄的、白发震颤般的感情，使得曾我多多少少吐露出一些真实情况。

"你最近同后藤伊久子来往亲密啊！"

"你怎么知道？"

"都写在你的脸上了。"

说到这里，曾我举起两手，毫无顾忌地尽情打了个大哈欠，那是幽暗的口中显得十分清晰的阴惨的哈欠。

"我很羡慕善于出入情场的男人。我这人……"

---

[1] 江户川乱步（1894—1965），日本小说家。他的作品为日本侦探小说奠定了基础，代表作有《人间椅子》《阴兽》和《黄金假面人》等。

"想自杀吗？"伊原打算残酷地主动进攻，接着忘情地大笑起来。笑声神经质地回响，他为此而感到生气。这样的男人感情里也具有无意识的怜悯，这使他颇不愉快。

"哎，你说对了。都写在脸上了吧？"

自豪而得意的表情溢于言表，透过轻薄几乎给人一种不折不扣的深刻印象，如此不可思议，伊原瞬间觉得有些可怖。

"荻野五郎死了。"

"嗯。"

对于小说家的自杀，伊原既不感兴趣，也毫不关心。两三天前，报纸上闹得沸沸扬扬的颇具诗人气质的作家的自杀，与其说是出于名声日渐遭人冷落，毋宁说从丸大厦七楼某出版社编辑部窗口飞降而下这种带有高层人物意思的富有品味的死法，更能悚动世间耳目，多多少少唤起人们注意。伊原不记得读过这位作家的什么作品。

"我很喜欢荻野五郎的小说，须贺五郎这个笔名就是从他作品里获得的。实际上，他是一位彻底厌世的作家。"

"厌世的作家？"对于伊原来说，这话听起来似乎在说自己是个乐天的事业家，令他觉得愧疚，"不会有这等事的啊。不被承认的作家都是厌世家，被承认的作家，则把信奉厌世主义作为长寿的秘诀。特别称得上厌世的作家一个也没有。即使他们也还是喜欢吃橘子，不喜欢吃橘子皮。在这一点上，不是厌世者的人不也是如此吗？"

曾我仿佛嘲笑俗物似的，带着一副英雄的表情凝视着伊原的面孔。湿润的嘴唇、少年般的绯红引得伊原睁大眼睛，似乎现在才第一次看到。那红色宛若黑暗里被间接照亮的某种贵重的红宝石，绚丽夺目，令人遐想。

"你的忠告选错对象了，我最近也要自杀（这事以前也提起过）。这并非因为受厌世主义的影响，而是用完全仿照荻野五郎的死法企图获利。"

伊原听曾我乘兴侃侃而谈，好容易发觉没有什么才气的他（发现自己屁股上没长尾巴竟然花了好几十年时间！），迅速糊里糊涂地决定赴死，这种因才能缺乏而绝望的死，真叫人丧气。因此，为了这种无缘无故、无目的的死，完全可以模仿他人的自杀。不过，这种死只是模仿者、追随者的死，既不是为模仿而死，也不是想模仿而死，应该说是最轻松、最聪明而富有独创性的死。

"我很厌恶通过死获得大义名分。"曾我继续说下去，"战时曾短期待在军队中，根本不把死当回事，一点儿也不害怕。如今在这里要是死了，一想到'光荣战死'就觉得十分恐怖。眼下，正像因生活苦而自杀、因绝望之极而自杀等，不可能被轰轰烈烈赠予具有大义名分的花环一样，像我这种真正想死的人，即使死也需要要弄些手段才行。"

"傻瓜。"伊原看到调酒师走来走去的镜子中，香烟的烟雾袅袅飘浮，他知道这正是夜间涨潮的时刻。他向对面桌上的伙伴使个眼色，站起身来。

"倘若那样，等待自然之死不是一样吗？——再见。"

"要等吗？"曾我似乎故意摇摇晃晃迈着步子追随伊原到大门口，"我具有胃癌遗传因子，即使等待下去也没指望了。"恶魔般忍耐不住的哄笑从那张红嘴唇里迸发出来，"不过，要等吗？"

三

然而，曾我自杀的通知书一直没有送达伊原手边。这当儿，A 报的一角登载着垣见夫人同那个溜乡货郎私奔的消息。

又过了四五天，开始进入冬令的某日，恒子突然造访已经成立的旅游公司经理室。她脱掉桃红灰色大花纹的披肩，搭在被寒风吹得像干酪似的两只手臂上，然后将同样微黄而比平素显得更富肉感的脸庞，转向冬阳照耀下高楼罗列的街道上空。晴明的天宇残存着酸奶般的云朵。

"垣见夫人好糊涂啊！"

"垣见夫人的私奔，辻的心脏麻痹，其余的人也都处于危险境地。"她的面颊正要露出讽刺的微笑又立即控制住了。

伊原犹如喜欢晒太阳似的暂时陶醉于这样的沉默之中。不过，这也是滑雪者喜欢寒风一般的喜悦。总之，太长久了。恒子转开话题。

"您身体怎么样？"

"挺健康的呀，怎么啦？"

"不，没什么……您和伊久子小姐，一直相处得很好吧？"

"唉，还可以，她出什么事了吗？"

恒子静静地环视着周围，小声说道：

"她是个吸血鬼。"

"什么？"

"这事很奇怪，其实，她根本没有肺病，走起路来却东摇西晃像真的有肺病，这不是很奇怪吗？更不可思议的是，和她有关系的男人，一个个都失血而死了。九人中死了三个，四人重病在身。我父亲和伊久子交往过程中，我看到他逐渐消瘦下来，硬是请求般地劝导他同伊久子分手。"

世上也有天真的忠告。伊久子说恒子是处女这话的意思尤其值得首肯。

"谢谢，我现在一切都还好，明天健康诊断时再请医生仔细查查吧。不过恒子小姐，刚才你所说的事世上很常见。"

"您说很常见？"

"那种吸血鬼……"

"哎呀，真的？"

黄玫瑰似的大个儿处女，惊愕地睁大着一双圣女般凝重而贞淑的眼睛。

翌日的健康诊断一切都很好。伊原迷信"实业家"常有的"万事顺遂"，热衷于各种美好的计划。对伊久子已经有倦意的他，看样子似乎瞅准她找到别的恋人——或许正是那位走红的男高音歌唱家，在这偶然的时机，他决定重新打起精神对恒子紧追不舍。碰巧，就在这时候，曾我的自杀通知书寄来了。

伊原庆雄先生：

十二月一日午后一时，我将从你们那座大楼屋顶跳楼自杀。万望谅宥。雨天顺延。

无缘由自杀，自感灵魂浮游于空中之快意。圣体拜领[1]既毕，此种仪式皆由蓊屋恒子小姐为之执行。她正是现代之女性，她说，对于已知明日将死的人，不仅限于我，不论是谁，一概乐于委以终身。而且，她对这种圣体拜领颇为娴熟，足以为我终生记忆增添光彩，使之变得更加美好。

S生　十一月某日

……伊原一边读一边目光变得凶恶起来。他急匆匆回忆着数月以来的借贷对照表。他的行动毫无破绽，肉体与物质都未受到任何损害。魔群只是从他身边擦过。但是，这封信却向他圆满的良心之上投来罗网，这最后的尝试，弄不好将由此迈上把自己的灵魂出卖给恶魔的危险之路。

伊原站在书斋中央，呆呆地张着嘴思忖着。涌向心头的愤怒使他下了决心。他点燃电炉，像犯人毁灭罪证一般，从亲手焚烧曾我的这封信中，享受着有条不紊的工作中所能带来的奇妙的陶醉。他似乎看见魔群脚步匆匆从身旁通过。蓊屋、恒子、过、垣见夫人、伊久子、曾我，酷似各自面孔的小恶魔，沿着好不容易包裹信笺的火焰奔驰而去。他们走向何方？

十二月一日，一个晴朗而和暖的日子。他背倚窗口，面对办公桌，耐心等待着可怖的时间的推移。谁会受骗呢？谁能爬到屋顶上去呢？

1　基督教徒举行弥撒领受圣体。

尽管如此，伊原还是没有吃午饭。"那帮家伙"有何权利威胁他？伊原越想越觉得不合道理，但因此使自己觉得是受暴力威胁的英雄，那也是困难的。眼前墙壁柱子上的挂钟显示已一时多了。时间的压迫，给人带来悠然被绞首时的快感。可喜的期待，次第消解了他胸中的块垒。伊原很高兴。时候到来了。一个无为的男人，没有他的助力，青蛙一般坠落于柏油路面，气绝而死。他想起那样的瞬间。——假若曾我的预告是谎言，伊原今天一定会找到曾我，亲手将他掐死。

一时半。此时，他眼睁睁瞅着墙上的日本阿尔卑斯山宣传画下边，正在打瞌睡的女佣。因为他觉得，女佣打瞌睡未醒期间，是不会发生什么事的。

伊原的桌面上浸润着四边形的冬日明媚的阳光。透过玻璃板，那绿色海面之上的文房四宝和文件，令人想到犹如停泊于稳定的港口之上。突然，从四边形的光线到眼前，一个巨大而不稳定的影像，以勇猛的姿势一掠而过。

一阵耳鸣似的沉默。

一瞬间，整个办公室满是无可收拾的混乱和嘈杂声。所有的窗户全部敞开了。事务员们将半个身子探出窗外，异口同声地大肆喊叫、悲叹。耳朵里传来铅笔、回形针、梳子等一切物品掉落在下方柏油路上的男人尸体上的响声。汽车停了，警笛声震荡着四面墙壁。落下的男子犹如梦魇中的人，迷迷糊糊地震颤，呻吟。

两三位高层领导，出于好奇，满面春风地挤进办公室。

"经理，跳楼了呀！"

伊原悠然自得。对于这个人来说，预先具有充裕的沿着下边唯一思路而思考的时间。因此，他从容不迫。他那似乎没有发生任何事情的语言，使得这些高官惊讶地注视着他的脸。

"傻瓜一个。"伊原说，"这比乘电梯下去，省不了多少时间。"

接着，桌上的电话响了，他抓起听筒放在耳朵上。

花
山
院

中古¹的阴阳师，具有欧洲中世纪炼金术士般的神秘知识，很受人尊敬。他们身上汇聚着上代的咒术卜筮之类、大陆怪奇的道教与占星术，以及其他杂多的魔术知识。处于那个无法辨别纯理论和神秘的时代，他既是学者，同时又是魔术师。阴阳师能辨别过去，看清现在，预知未来。另一方面，一般都认为他们具备关于人的所有知识。

其中，当时在宫中最受重用、最有名气的就是安倍晴明。这首先由于他并非出身寒门。晴明乃右大臣阿倍御主人的后裔，大膳大夫²益村的儿子。晴明的官职虽不算很高，但能确实获得主上等显贵真诚的

1　指日本平安时代约四百年间。

2　负责宫中食事和祭典宴飨的官员。

敬畏之心的人，除了他没有第二个。既为天文博士，又是谷仓院别当的晴明，处于变幻不定的政治势力降替之间，保有一种难以撼动的权力。可以说，博士君临于神秘世界。这种暗夜的世界，比起人们欢笑、悲叹、苦心于荣达，因失掉情人而哭泣、为获得外戚的地位而欢喜的白昼的世界，亦即实实在在的人的世界，占有更广阔的版图，拥有更深层的构造。在那里，人的命运同蚂蚁、小鸟的命运没什么不同。宫中皇女贵妇悲叹的哭泣，与洞穴之内啼饥号寒的狼崽儿的呻吟相差无几。晴明的心里，只有一面之暗夜，一面之星空。星辰规规矩矩、老老实实地运行，随着这种秩序，人与鸟兽生生死死，死死生生。

晴明的年龄，知者甚少。有的说他像老人，有的说他像壮年。他虽然鬓发斑白，脸上布满皱纹，但那洞察一切的慧眼储满春日海洋般的温润。虽言慈眼，但蕴含冷峻；虽言冷峻，但又具宽广。他的眼睛在宽宥万物之余，同时又一无所救。阴阳师不是宗教家。

晴明一日三餐，每次都摄取极少。他不爱吃鳟鱼和香鱼等生鱼，喜欢吃少量鱼子酱和蒸鲍鱼，以及四季瓜果和唐式点心。奇怪的是，晴明没有佣人。只有自己一人，起居于寂寞的庭院。尽管如此，家具总被擦得锃亮，庭园的落叶也扫得十分干净，这使得来客很是惊讶。夜半，有时会听到晴明大声下令做什么事。虽然空无一人，但应答的声音却忽然靠近。白天，晴明有时突然起立拍手呼叫，便有人应声拉起隔子窗。世上传说，他能驱使众多式神[1]。

1　阴阳师所役使的灵体。

宽和二年[1]，五月雨季，晴明看来心绪不佳。宽和二年，花山天皇[2]治世。对这位年方十九岁的少帝，晴明甚为敬重。当时的社会，所谓"忠义"的感情，就是一种热切的欲望，亦即一心想将亲生女儿献给皇上为妃，自己甘当外舅之情。据此来看这无疑是一种热情。然而，是一种冷然的谋算的热情。既非有权势的贵族，又不怀野心的晴明，自然不属于此种意义上的忠心之臣。他只是祈望年轻、慈善、御姿优雅的当今圣上，永葆十善[3]之御位而已。

他占卜星宿，曰：天子之星不久当有异变。

"克此星者乃弘徽殿女御[4]，如今已不在世的弘徽殿女御之魂灵。"晴明自言自语。

于是，他眼前仿佛依稀浮现女御生前的面影。

弘徽殿女御的一头黑发，丰丽幽婉，较之她的身高还要长出许多。那些面对她的美发自叹弗如的人们，一旦于桧扇底下窥见那副美丽的容颜，更加惊讶得说不出话来。如此的美貌，如此的黑发，使人想到，

1　即公元 986 年。

2　花山天皇（968—1008），日本第 65 代天皇。冷泉天皇第一王子，讳师贞。悲其所爱女御之死，被藤原兼家等所骗而退位，于花山寺出家为僧。后以歌人闻名，著有《花山院集》。

3　十善，佛语，不犯十恶之意，即不杀生、不偷盗、不淫邪、不妄语、不两舌、不恶口、不绮语、不贪欲、不嗔恚、不邪见。

4　日本古代宫廷中，女御为天皇嫔妃位阶的一种，地位仅次于皇后和中宫。

倘若不做出异常的牺牲，地上人间就不容许拥有此物。

帝与女御度过最幸福的日月。帝十八岁，女御十七岁。

"妾心里很不安，虽说是个如此美好闲适的早晨。"女御说。

女御有些方面依然像个小孩子。因为小舍人童[1]带来的猫太大，她有些害怕，曾经藏在几帐[2]里。帝以为女御自言自语，没有认真给予回答，只是微笑着，催促她有什么话快些说。

"定是昨夜和女官们玩盒子游戏玩得太晚了吧。如此美景良辰，妾竟然愁绪难解。莫非这世界令人快活的事太多太多，妾心里已经无所适从了吧？"

"倘若快乐带来满心惆怅，那就不是我们真正的快乐。我只想，我们为快乐已无暇考虑明天。例如，总有一天，朕会满头白发，卿的脸上也会出现皱纹。"

女御笑着伸手摸摸自己的面颊。十七岁少女，担心脸上会不会有难看的皱纹，才伸手摸摸看的。

时常临幸的皇祖一条摄政的宅邸，伸出的大庇檐在白天里也很暗，因此，清冷光亮的池水，新芽初放、绿意葱茏的池中小岛的景色，犹如另一世界的绘画，清晰可睹，十分有趣。

突然，女御发现中庭草木间水渠岸上，飞来一只很少见到的小鸟，断断续续地鸣叫着，听起来，声音很紊乱。一看，翅膀受伤了，不住颤抖。

1　为近卫的中将、少将服务，或于公卿武官家做杂役的少年。

2　寝殿内家具之间用来做屏障的帷幕。冬用熟绢，夏用凉绸。

心地善良的女御泛起哀怜之情。

她吩咐女官用白绸子将小鸟包起来带回去。白绸子上渗透着点点鲜血。

帝对于女御的行为一点儿也不在意。这是个幸福的早晨，不见一丝云翳的早晨。深深陷入小鸟受伤一事，并非什么好事。但女御睁大好奇的眼睛，透过世上最丰厚的黑发，仔细眺望女官手中得到呵护的小鸟的模样儿。

"怎么办呢？卿在考虑如何才能使得受伤的翅膀恢复原样吧？"

女御的目光离开小鸟，声音里充满神秘的哀愁。

"不，妾明白那只小鸟想回家，因此，妾要想办法放它回家。"

"它要回哪里的巢呢？"

"不知道。妾仿佛亲眼看到那小鸟拼命扇动羽翼，一个劲儿往回飞翔的样子。刚才的心绪不佳，或许是有了预感的缘故吧。"

帝转过头去，女官怀里白绸子包裹的小鸟，闭上眼睛，死了。

美景良辰，一语成谶。

宽和元年七月十八日，弘微殿女御猝然死去。

"这是女御的灵魂。这一年，女御之灵附在帝身上，寸步不离。然而，帝自身却把这事当作一种快乐，并依靠此事而活着。看他那副样子，别人还能说什么呢？"

宽和二年，打从五月雨季开始，晴明的心就一直不安，这是有原因的。他感到终局逐渐接近了。即使不上朝，晴明的灵眼也能清晰地看到帝朝夕的烦恼。就这样，迎来了美丽的弘徽殿女御的一周年忌。

五月雨季，帝日日陷入深深的绝望中，不能自拔。女御留下娇声余韵、妙香氤氲，飘然离去了。女御的存在化作一缕难以捉摸的熏香。

"女御死后，朕就像一只蝉壳。"帝思忖着，"谁也不能安慰朕，谁也不能给朕以力量。在这块地上，还有什么是可靠的呢？是人的一日三餐吗？地上的可靠之物尽在于此吗？虽然如此，但见到这些可靠之物，看到安心于这些可靠之物的人，朕就想笑。女御在时，一刻也觉得很长久，因为是幸福的一刻。现在依然有长久的一刻，但却是不幸的一刻，寂寥难耐的一刻。为此，时间这东西，就是我等生存的唯一不可选择的理由。难道这种说法也是如此暧昧不明、游移不定吗？'时光'的流转难道就是为了让我等知道生存这一徒然的道理吗？"

五月雨淅沥不止。最接近清凉殿的弘徽殿的屋脊，以及飞香舍和凝花舍已被雨水淋湿了。雨水浸濡着宫内每个角落，走在回廊上的人，为了躲避雨丝，快步如飞。紫宸殿、宜阳殿和春兴殿也浸润于雨中。建礼门、建春门和朔平门也湿漉漉的。雨水满庭，树木像水草一般被冲倒了。

帝的厌离之心，被雨水所孕育，如霉菌一般繁衍。

安倍晴明屡屡派遣式神，观察到一年后帝之所谓"不适"，其实就是纯粹的心病。其间，他占卜得出"六月二十三日有变"这一结果。然而，晴明缄口不语，因为他知道，帝的御体没有危险。他依旧侧耳倾听广大的夜空和星辰的世界。

宽和二年六月二十三日。

藤原道兼很久不曾进宫，今日不知又为何事前来禀奏。帝言语无多，只是点头。最后，形神颓然。

道兼很久以前就劝谏帝出家。激起帝无常之心的是他，万事皆使帝生出对女御的思念，从而远离政务的，还是他。道兼处世八面玲珑，圆滑洒脱，能言善辩，能够任意使帝听从他的摆布。不过，这些都是宫廷内阴谋者的寻常之道。其父兼家被口头约定为未来摄政王，仅仅是诱饵，其实从一开始就是一种权谋，毫无用处。这一点也使道兼很不满。

在这之前，圆融帝的皇子怀仁亲王被立为当今春宫[1]。兼家于春宫即位之晓，野心勃勃，企图做关白[2]，即欲图对以兼家之女诠子为母的亲王大振外戚之威。故使次子藤原道兼图谋加速当今退位。道兼花言巧语欺骗帝，说道："我也陪您共同进入佛门。"其实，他是打算等父亲成为关白之后，叫父亲将摄政的位置让给自己。

"五月雨季结束了。难熬的夏日再掀高潮。花山寺的山月，虽是同一个月亮，但看上去，内里却一直透着清凉。朕也很想拂去俗尘，过上佛道修行的闲静日子。一想到这个，我就急不可耐，心性开始浮躁起来。虽然这种心境不合出家之道。"

十九岁的帝，久久凝望着道兼恭敬而虔诚的面孔。他从那里未能发现什么。帝染上一种习惯，他想将心思集中于某件事情上，企图刹那之间获得心灵的安定。虽说是龙颜，但依然是充满稚气的童颜，长久以来忧闷的阴影，开始在他脸上增添了锐利的轮廓。口唇艳红。虽然清炯的双眸对世上的邪恶与谤谗不是不知道，但并未洞察其内里，

1　同东宫，即皇太子。

2　协助天皇处理政务的官员。

花山院

而对于熟悉内情的人的话，则显示出一种虚心接受的王者脆弱的高贵。那是一副生来未曾受过欺骗的眼眸，也是一副不肯受死神欺骗的眼眸。就连道兼也认为，年轻帝王的喟叹不仅仅出于厌离，很可能是帝依然坚信弘徽殿女御长生不死才打算出家的。

"今晚就行，这样走吧，一切都齐备了。"

"是的，我陪您。"

"谢谢你，像朋友一样亲切。"

帝的话并非讽刺，而是天真的谢词。道兼肚子里暗笑。突然一瞬间，仿佛自己也想站在帝的立场上了。看着这个轻易受骗的人，不由一阵轻松，似乎这些都与他无关。

道兼上奏的地方是清凉殿的夜间御殿，因为是纵深的屋子，看不到户外的情景。帝由藤壶[1]上之御局[2]小门走出来，这才看到今宵天上月光靡丽，地下月影无边。

帝的性格是遇到些意外小事便能转变心情，帝的言语使得道兼感到悚惧。

"到底怎么了？为何这般急速。"

年轻的帝眉宇之间出现逡巡之色。一年悲叹之极，决定出家，其间心情数度转换，为将来费尽思索。道兼连忙用规劝的语调说道：

"神灵、宝剑都已交出，如今还想怎样呢？不是决定要走的道路

---

1 飞香舍的别称。
2 宫中女官寝室。

吗？要是回头就会失去机会了啊！"

帝不作答，默默前行。

道兼后悔说了不该说的话。他事前已经把神器交给了春宫。他以为帝的沉默是在生他的气，害怕暴露真相，一时紧张起来。

事情并非如此。帝没有生气。帝还年轻，几乎凭借孩子般的无垢之心，踏着夏夜的月色寻求一种喜悦。事隔一年，帝心中充满某种天真的喜悦之情。一个因失去恋人而绝望的十九岁青年，于刹那间逃离亲自加在自己头上的刑罚般的苦患，一边望着清晰的身影，一边迈动脚步。自己也不知走向哪里。他只觉得，这样下去，一切事情都能实现。

有时候，月的表面稍稍蒙上一层云彩，月光微微黯淡下来。于是，帝心中的悲戚似海潮奔涌。帝停住脚步。

"怎么了？"道兼问。

这时，他们已经好不容易走出宫禁，站在中和院屋宇黑黝黝耸立的阴影里。

"女御的书简忘记带了，我没有一天不读它。你在这里稍等，我回去拿来。"

道兼觉得胜败在此一举，他假惺惺地哭出泪来加以制止。

"说些什么呀？眼下要是回去，定会被人发现，真不知会出什么岔子呢。将要舍弃俗世的贵体，为何还顾及那些？"

最后，只得让抽抽噎噎的狡猾的向导先行，帝独自踏上月下的京城大路。

安倍晴明的家住在土御门町，此时正当帝的顺路。

帝经过晴明家门前，就听见晴明亲自在家中一边拍手，一边高声呼喊：

　　"天象变化告知帝已退位，虽说早有迹象。进宫去，备车，快，快！"

　　这是强烈的呼声。既像老人的声音，又像壮年的声音。全家骚然。晴明的呼声再度响起：

　　"先派一位式神进宫！"

　　接着，一个肉眼看不见的人打开大门。似乎对着帝的背影拜了拜，报告说，圣驾正通过这里。

　　阴阳师听到报告，随之出现于从门口照进去的月亮地里。他鬓发斑白，双目闪烁，在月光照耀之下，露出如年轻人般坚固的牙齿，嘴里念念有词。他的视线一直没有离开帝和道兼月下远去的身影。

　　"这件事我早已知晓。然而，谁也无法阻挡。我祝愿我君千岁，几天来，我寝食俱废。然而，即使这么做，我也丝毫没有改变现实的力量。我没有作出多余的奏请。如今仍然视同陌路，交肩而别。这样很好。对他人来说，再做出更多尝试，已属多余。

　　"祝愿陛下圣体康宁！作为上皇的后半生将远比前半生活得更加安详，更加愉快！"

星期天

幸男和秀子，在财务省金融局上班，在一座大白天也很昏暗的屋子里，他们占据着最后两个位置，桌子对着桌子相向而坐。

两人都二十岁。幸男只是初中毕业，秀子从女校毕业后就来这里工作了。

他们有许多相似的特点：刚才提起的同样的年龄，是其一；三千零九十六元的基本工资，加上补贴，一共四千九百一十元的收入，是其二；两人都是人前人后表里如一的优秀工作人员，是其三。

金融局文书科的科员们，给他们两个起了同样的外号，叫"星期天"。这个外号是有来历的。

去年晚秋的某个星期天，科长和科员们，各人都带着家属，到观音崎灯塔远足。秀子四五天前就听说有这个计划，眼见着沉不下心来，一到星期六，就说有些头痛。幸男因为不能和秀子一道旅行，深感遗憾。

当天早晨，两人都没有来约定的地点集合。大家放过一班电车，空等了一阵子，然后出发，一路上尽情地猜测着各种可能发生的艳情。

星期一早晨，寻常的上班时刻到了，两人冷冷地各自坐在桌旁，他们究竟会遭受如何刻骨的冷眼，但凡有过上班经历的人都不难想象。善于传播黄色新闻的组长，吩咐幸男将文件送到秘书科长室，他借着这个时机，一本正经地说，还不是因为昨天在幸男精心照料之下，秀子才这么快完全康复吗？……

虽说谈不上什么厚脸皮，但他俩都具有毫不怯懦的开朗与爽直，幸男和秀子只是眨巴着明丽的眼睛，一概不作辩解。

过了两三天，冷嘲热讽逐渐停止。幸男不小心将记事本掉落在晦暗的走廊上，被一位经过那里的同事拾到了。

一看，这是某银行赠送的一页分成四档的记事本。每到星期天就是一个阶段，上面用铅笔涂满五彩的颜色。打开的两页一共有八个区域，第八区域留作文字记录，空在那儿。所以，每翻一页，最初区域美丽的绿色和蓝色就映入眼帘。其中，既有黑色星期天，又有黄褐色星期天。

出于好奇心和友谊因素的巧妙融合，这位同事不再将这种有意义的发现向全体科员披露，而是到只有他和幸男两个人的咖啡屋，把记事本还给失主时向他表明：如果不把涂有各种颜色的星期天的含义讲清楚，就以此添油加醋编成笑话传扬开去。但只要对这位同事说出来，他保证绝不会再向外泄漏。

幸男笑了。他说，这没什么大不了的，寡言少语的人，自有寡言少语的秘密。他的说明也只有三言两语。

“这个嘛，是我和秀子星期天的约定。绿色代表山林、原野，蓝色代表海洋、湖泊，黄褐色是大地泥土的颜色，也就是棒球。”

“黑色呢？”

“猜猜看，不知道吗？黑色是电影啊。”

两人平时一定就是三个多月的计划，并忠实地加以执行。

“碰到下雨或电车工人罢工，怎么办呢？”

“即使下雨或罢工，黑归黑，绿归绿，照样执行。我们都很顽固。打着伞，在雨中的多摩川河岸散步。”

对于幸男和秀子来说，这种星期天约定，即使排除万难也必须遵照执行。提香[1]绘画中有《圣母升天》，这幅绘制于一五一八年的杰作，是将威尼斯画派一举推向文艺复兴高潮的划时代作品。幸男和秀子，不知道提香的名字，对这个名字也毫不关心。这幅画画的是，升天的圣母脚踏闪光的彩云，下边有众多的幼童天使支撑着。他们两人也像那些天使，专心致志、坚韧不拔地支撑着他们的星期天。

“一个人真快活啊！”那位有家庭的同事思索着，“就那点儿工资，看来准是全部花在每月四个星期天上了吧？你们都不会是富家子女，但对于近来的男孩子或女孩子来说，这些都无所谓。像我这样有家庭的人，就连带老婆看电影，最多也只能每月一次。看来，还是那帮孩

1　指蒂齐亚诺·韦切利奥（Tiziano Vecellio, 1490？—1576），意大利文艺复兴盛期威尼斯画派的代表画家。主要作品有《圣母升天》《爱神节》《酒神与阿丽亚德尼公主》等。

子好运气。"

虽说按约定没有泄漏，但由于两人"星期天"这个诨号暗含着超出想象的寓意，所以，这个神秘的诨号不久就传到别的科室去了。

平素只是接受命令的两位青年，就连仅有的自由的星期天，也不能随心所欲地用来娱乐，只得遵照某些人的命令另立不能行事的计划，亦步亦趋，照章办事，不是吗？

不，他们要维护自己约定的星期天，因为对于他们来说，这是唯一可能维护的，也是允许维护的唯一的东西。

他们就这样支撑着蓝色的星期天、黑色的星期天和黄褐色的星期天。更具体地说，他们支撑着已经镶入未来画框之内优美的新绿的山岭、湖泊、原野、云霞、棒球场、当天来回的海水浴场，以及供参观外国船只的港口、沙滩宽广的河川，还有人声杂沓的电影院。

同事的推测并不准确，他俩只是花去不足挂齿的很少一点预算，而且很满意。像东京这样方便的都市，只需不到百元的来回交通费，就能去看海，看山，看湖，看河。同一个地方，即使不想再度前往，一个时期依然不会缺少行乐之地。由于他们将游乐场纳入绿色范畴，所以对一般的游乐场很熟悉，从给鹿喂食到租船要花多少钱，他们都了如指掌。遗憾的是，如此丰富而宝贵的知识，只是仅仅属于他们两人的机密。

一九五〇年四月十六日是星期天。十五日星期六，为制作向司令部提出的资料，文书科忙得不可开交。幸男把即将交付的资料每两页用订书机订在一起，这时，那位同事一脸滑稽地小声问道：

"哎，明天星期天是什么颜色来着？"

“是蓝色。”

“哦，天气很好啊。”

调笑就此结束。今天，每个人都很繁忙，哪有心思顾及别人的事。

星期天早晨，二十岁的一对恋人，相约于某车站月台会合，时间是七时半。

天气并非响晴，但天气预报说不会下雨。

两人都如约而至，相差不到五分钟。幸男穿着蓝裤子，外加一件茶褐色薄毛衣。洁白的衬衣，被浆洗得笔挺。秀子没有长裙，穿了一件格子裙，外面罩着淡蓝色开襟羊毛衫，脚上套着少年般的大花短袜。两人一律肩上挎着水壶，手里提着简素的旅行包，穿着白色运动鞋。

如此详述，并非在于描绘两位主人公的服装特征。只是凭借这种描写，对盛春早晨于某车站各自等候对方的年轻的恋人们全部加以推测，由此看出诸处都很相似或接近。

两人一见面，宛若被各人母亲强拉到一起玩耍的初次见面的孩童，显出一副不甘示弱的样子笑了笑。首先，水壶和手提包很重，强使二人保持昂扬的气势。早晨的问候于无言之中免除了。

杂沓的人群搅乱了斜斜射入月台的朝晖，秀子猛然伸出臂腕，机敏地为幸男整理好衬衫一边打皱的领子。

这一灵巧的动作，给了她饶舌的时机。

“我今天睡眠不足，昨晚担心下雨，像远足前的小学生睡不着觉。今天早晨四时起床，一个人准备盒饭。火腿、三明治和紫菜卷，倒是很奢侈的盒饭啊！加上昨天买的巧克力和口香糖。吥，请看。”

秀子像只水鸟单腿独立，将包放在膝盖上打开拉锁。她掏出两片美国产的巧克力和两盒口香糖给他看。

"好棒，太破费了吧？"

"不过，蓝色的日子今年不是才开始吗？我还是最喜欢蓝色的日子。"

湖泊当真是蓝色的吗？

两人的性格，对不曾见过的东西都不很在意。因为是湖，所以是蓝色，只有这个逻辑才是不朽的。

由电车换乘火车，一共花一个半小时光景，幸男和秀子同那些当天去 S 湖远足的先头队伍全体乘客，于九时过后抵达湖畔车站。

S 湖是建造水库而形成的人工湖。湖的名字是僭称，只有亲自看了才明白。

两人从排列礼品店的站前街道，沿着能够望见整片湖水的道路向左行走。湖水犹如没有食欲的病人只喝三分之一后剩下的稀汤，浑浊不洁，耗减许多。而且，减损的水量，在尽收眼帘的湖岸突出的断层上，清晰地显露出痕迹。湖泊周围的山峦，虽然初步蒙上一层春色已褪的油绿，但由于这些断层超出水面，那种风情简直就像新做的裙子底下，刺出一道脏污的衬裤的边缘。

远足的人们也和幸男他们一样，对于这一发现一向平静，只顾沿着满地尘土的湖岸小道继续走下去。大伙儿只顾谈话，笑声惊动天地，什么景色也顾不得再看上一眼了。

幸男和秀子，无意识地一边朝着对面大型吊桥方向行走，一边交谈起来：

"还是稍稍有点儿阴天才好，这种大晴天容易出汗。"

"可不是吗，阿幸，来块口香糖？"

"谢谢，让你破费了。"

"哪里会呢。一盒才五十元。"

"眼下，五十元可以买到的东西，我给你数数吧。电影票、咖啡、最便宜的领带，以及袜子……"

"女人最多只能买上一根木雕别针。"

"要是再多些钱就好了，全部工资都不够零花的。"

"要是我有一万元，用于咱俩出外旅行该多好啊！"

"我要是有钱，每天让你看电影。"

"我不想每天看，我只巴望有一件毛皮外套。"

"毛皮外套要多少钱？"

"呀，最少三四十万。"

"三四十万，一生劳动或许能存这么多。不过，我特别喜欢一开口就说出'六七十万'啦，'一百四五十万'啦什么的。钱这东西，只是一个名字。即使是富豪，也只有支票，没有现金。能亲切数出'金额'的，那才叫有钱人。"

"哎呀，我可不是你这样的哲学家。"

两人的对话一直未出现对于湖的描述。值得注意的是，在不景气的时代，金钱总是一种最富浪漫性的话题。

其间，透过云的稀薄部分，出现了白金色的太阳。一眼望去，湖的全景在这神秘的日光下，也稍稍带有一层神秘的色调。距离人们大幅出动还有些时间，漂浮于湖面的小船数目很少。湖水呈现出难以形容的奇怪的色相。因为湖水很浅，水底粘土的颜色，不是映照到水面上了吗？湖周围的山峦姿态平淡，要是没有湖谁也不会朝那瞧上一眼，如今却好歹通过投影获得补充，但总留下那种投机者的威势一时难以遮蔽的姿容。只是那些守护着如峡湾般深深退避的一角的山峦，从绿阴闪映的暗示般的水面，或多或少耸峙着非凡的锐角。

再说这边的湖岸，护岸工程的沙堆、简陋的土屋以及出租小船的红旗，杂然一处。旗子沉甸甸地下垂着。忽然，发电厂豪气十足的快艇打他们两人面前穿过。船上坐着一位戴眼镜的绅士和一位像是他妻子的人，还有一位戴着低级趣味帽子的五六岁的女儿。大概是借视察名义游览水库的高层人物一家吧？

"到哪儿去呢？"

"总之，要过那座桥。"

"过了桥向哪里去？"

"啊，我也不知道。"

环视布满尘土的光亮而模糊的路面，周围的人们看那步调似乎也在说着"啊，我也不知道"。总之，这样说很轻松。

幸男和秀子一边嚼着口香糖，一边走过那座桥。他们来到"通往见晴台"的指示牌前，围绕要不要攀登山腰上的九十九道弯略有争执，过后取得了一致意见。木牌上详细地写着"游人须知"："攀登没有路径之地，滑落的土沙将给山麓居民造成麻烦。"幸男和秀子并非那种专给别人找麻烦的冒险家。

他们手挽手爬上逼仄的陡坡，幸好后头没有来人。小路围绕斜坡上的竹林，穿过半山腰号称"见晴台"的清闲的茶馆，到达随处分布着树墩和荆棘、盛开着棠棣花的略显平缓的空地。再向上走是松林，山顶上有旱地。先到的幸男感到一直拽着的秀子的手心汗津津的，疲倦的她使得他的手掌重如千斤。

空地被杉树林包围了半圈儿。

秀子出汗的身子，散发着稔熟的麦田般的体香。微风飘溢的香气，使得幸男停止脚步，朝着秀子深理于孩子般撒娇的拥抱中的脸庞、脖颈和雪白的喉头狂吻起来。一旦蹲下腰，就有荆棘干扰，于是两人嘴唇合着嘴唇，坐在巨大的树墩上了。纯理派虽然怀疑闭着眼睛能否灵活地模仿，但大凡恋人皆如技巧娴熟的演员，在预先考虑好顺序的舞台装置上，相拥相爱在一起了。

两人紧紧相倚着身子坐在那儿。不要误解，他们就像被一排目不可视的书籍压挤的两本书，身子靠着身子而已。嘴唇暂时脱离，面颊又相互触碰。于是，他们从自己中间，也就是幸男的腿和秀子的腿之间，看到那儿生长着一棵浮泛着新绿的优美的小树。

"真是没想到啊！"

"简直就像刚刚迅速生长出来的。"

这是仿如一幅细密画的树木。午后云间漏泄下来的阳光，落在这块采伐后的地面上，照亮了野蔷薇的嫩叶，为幸男、秀子面前的小树被缩小的极其纤细的新叶增添光彩。小巧而完全的无垢的叶脉，正像秀子所言，仿佛刚刚生长出来。两人异常激动，把这当作难得的星期天早晨的吉兆。挪开大腿一看，这小树正是从树墩上长出的幼蘗。

此时，窸窣的响声惊动了他们。那是乌鸦，那是树林间飞过的乌鸦的振翅声。

"好一个星期天啊！"

幸男这么说。

"真是个好星期天呢。"

秀子也这么说。

每逢晴好的星期天，两人总是不约而同地互道祝福。透过绿阴朝湖面望去，小船不知何时增多起来。幸男因满足与幸福而感到不安，他天真地叹了口气，对秀子说：

"这样的星期天，真巴望永远永远持续下去。"

"是啊，持续到夏天，秋天，冬天。"

"不，持续到来年，后年。"

"持续到结婚以后吗？"

"结婚以后嘛，这个，我们的工资合起来有两万元，至少一万五的话，也不是不能结婚的。"

"不过，如此约定星期天总感到有些奇妙。我们既然不能全靠自己的力量决定未来，那么为什么总想用自己的力量决定一些微不足道的事情呢？我们所约定的事，对未来有何意义呢？决定三个月后的星期天是蓝色的星期天，对我们来说就那么重要吗？"

"可不是吗，总之那些只是我们所希望的东西。"

"不，不是这样。我们所决定的蓝色的星期天，必须是蓝色才行。我时常感到，我和你一起在策划一个特大的阴谋，就是你用彩色铅笔在记事本上涂抹颜色的时候。"

秀子觉察到肩头的沉重，她从肩上卸下水壶，用壶盖倒了甜红茶递给幸男，自己也喝了一杯。水珠滴落下来，沿着她那雪白的喉头流淌。

"我有个很奇特的想法。"秀子继续说，"我和你是支撑世界秩序的小妖精似的一对恋人。世界之所以尚未毁坏，完全是靠我们的支撑。难道不是这样吗？三个月后的某个星期天应该是蓝色，要是搞错了变成绿色，那就会发生了不起的大事。"

"你的想法很好。"幸男的眸子中闪着光亮，表示赞成，"我们决定的颜色，就像决定地球是否爆炸的危险的按钮，一旦按错了，就将大祸临头。以往或许都毫无差错地过来了。这么一想，今后可不能草率地做出决定啊！"

"什么呀，一直都是你阿幸做出的。就像闭着眼睛弄倒火柴杆看，右边是黑左边是绿，不就是这么决定的吗？"

"即使这样也从没错过，所以很了不起啊！"

"你看地球还没有被碾成粉末的地方吧？"

两人都大笑起来。他们又立即想到周围缺少一种安定感，随之环视一下周围的地面。那里散落着以前的星期天被雨水打湿的残骸般的饭盒外壳。幸男天真地想到肚子饿了，提议要吃午饭。于是，他俩分不清此时该吃早饭还是午饭，随便地吃完了盒饭。接着，山麓下传来娇滴滴的呼叫，由此知道，那些远足的人们渐渐奔这里的山腹来了。究竟是哪些人朝着他俩登过的九十九道弯而来呢？他们对这一点很感兴趣，躲在杉树树干背后偷看。男女游客哼着低俗的流行歌曲，同幸男和秀子一样，男人在前，拉着女人的手，或者男人倒背着手，供女人作为横着的手杖紧紧抓住。有个女子狭小的前额挂着遮阳小手帕，仿佛正在做狐狸化美女的游戏。

"来啦，好多人都来啦！"

被这群善男善女促起畏怖之念的秀子，晃动着幸男的胸脯说道。

幸男装作大人，沉着镇静地回答：

"那些人，究竟是些什么人呢？"

他不知道，那些都是成双成对的恋人。

吵吵嚷嚷，或笑或唱，他们流着汗水，一边用脏污的手帕在脸上揩了一圈儿，一边朝这里攀登。有一对是五十岁的男人和二十岁左右的落榜女学生。他们手挽手，男的露出金牙，边喘息边笑着，手执印有国旗的扇子，一边扇着胸口，一边又开两腿向上登。女人穿着水手服，涂着浓重的口红，染着红指甲，胸脯间团着一条难看的擦汗的毛巾，高跟鞋歪斜地踩在树根上。三个大学生和三个肥胖的姑娘结成一组。大学生一律将上衣卷到臂腕，向人夸示带有疯狂颜色和格子的衬衫，从这里透过草丛一眼望去，甚至可以窥见短小的裤子和鞋之间交织着大红、绿色和黄色格子的袜子。闪着耀眼光芒的，是戴在左手上宽大的纯金戒指。他们的恋人们摆动着腰肢，说道："累死啦，哎，在这里休息一会儿吧。"但是，理想家们停不下脚步。胖姑娘们不服气地一边走一边采摘周围的棠棣花又随手抛撒。接着，一个身穿西装背心、连最下面的纽扣也扣得很严整的貌丑的青年，挽着一个身穿长裙的貌丑的女子登上来了。青年始终露出一脸颇具自信的自我陶醉的微笑，但是再过十年就会变成失望的苦笑。为什么呢？因为那个和他在一起的女子显露出一副烈马般的骨相。瞧那身打扮，一件长裙，烛泪般垂挂着的各种无用的襞褶和装饰，每走一步之时就像风铃店似的摇摇晃晃。她双眼怒睁，执意扭结在一起的嘴唇，不住指责男人强行踏上这条险路的愚行。再下边是一位肤色白皙的瘦小青年，挽着一位年长的高个子外国女人。一切都由女人照料着。青年似乎有些不好意思，默默低着头。女人瞅准机会，伸出舌头猝然舔舔青年的面颊。女人蓦地抬起头来，那是一张日本女人的脸，头发染成了红色。再接着……

因为最先一对儿已经抵达这块空地，幸男和秀子的观察到此为止。五十岁的男子趁着几分醉意正要调戏秀子，一时火起的幸男，早已被那女学生一手抓住。

一行人陆续到达。幸男他们还不能说已被压服。究竟出了什么事，难以判断。两人想象：这一行人是有目的地来捣乱，来侵入自己那安静的领域，除了早晨小鸟的鸣啭再也听不到其他声响。尽管如此，但他们明白这种想法有些过分了。一对对恋人各自坐在树墩上，老老实实打开了盒饭。于是，幸男和秀子身处于这些喧闹的人们东一对西一双的宴飨席中，默默谦虚地微笑着，尝到了一种苦涩的喜悦。

正午的汽笛响了，各处发出女人的悲鸣。虽然是近距离的汽笛，却证明了空袭的记忆尚未抹去。有对恋人慌慌张张正要将饭盒塞进包里，忽然感到很不好意思。汽笛的余韵暂时留在耳朵里，强使大家沉默不语。

"看来，都是些不懂得星期天的含义的人啊！"

幸男小声说。

"就是不像我们这样顽固。"

秀子回答。在这一点上，两人都有可自恃之处。幸男和秀子整理东西，开始走下九十九道弯。不久就被眼下道路上众多的游人惊住了。灰白的路面忠实地印着一个个人影。这无数的人影，扩展到整个路面，缓慢而怠惰地移动着。不明白他们为什么这样做。从这里望去，由于相隔一段距离，看不清楚他们的目的。

来时路上那家不见一个顾客的茶馆，回去时坐满了人。两人为了节约，没有进店。九十九道弯至下边的路面，平缓多了。抬眼一看，真不知出于何种考虑，只见每到一个游人杂沓、尘土飞扬的拐弯处，路旁的竹林必然围坐着一群在吃盒饭的人。那种地方，饭盒上想必沾满了尘土吧？为何不挑个较好的地方呢？他们两人深感奇怪。当从坐在路旁一本正经吃着紫菜卷儿的人们面前通过时，他俩反而觉得怪难为情的。这些人之所以不考虑"挑个较好的地方"，是因为远足本来就是这帮子人的一种嗜好。

云层正要再一次包裹太阳。好不容易穿过云间的阳光，在湖面上投下几道庄严的光芒。光线未能到达湖畔的道路，路面的阴影抹消了一个个人影。幸男和秀子看到他们自己的影子隐入灰白的泥土，看到云间的阳光犹如合拢的折扇逐渐消失。那么，这无言的人群算是什么呢？这默不作声、疲劳困惫、缓缓迈步前行的人们，是从哪里来又向哪里去呢？幸男看到他们一个个脸上浮现着难以言表的悲戚的表情。

兴高采烈的两个人，不会为那些同自己没有任何关系的人的表情所烦恼，劲头十足地沿着 S 湖转了一圈儿。休息，再休息，有时边唱歌边走路。两人毫不踌躇地互相挽着臂膀，每当遇到那些只有学生组成的一群人，就要受到他们的冷嘲热讽。二十岁的恋人，逐渐团缩着身子陷入沉思。自己不是也和那些人一样浮现出同样疲惫而悲戚的神情吗？他们虽然觉得自己绝不会感到疲劳，但当亲耳听到掠过阴霾天空的飞机的轰响，就会同那种慵懒而沉郁的震动发生共鸣，心中不由得充满惆怅。他们朝湖面一看，水上布满的小船，犹如一只只大水桶。

前往车站。已经是午后四时。站内挤满了人，他们两人因为是往返票，很顺利地通过检票口。月台上更是一片混杂，不久开来一列临时加班车，人群拥挤在狭窄的站台上，露骨地显示出争先恐后的惶急心情。相邻的人肩膀挨着肩膀，行囊抵着行囊，一双眼睛向旁边倏忽一瞥……这一切都暗暗说明了这一点。幸男和秀子手挽手被推拥到月台的最前端，超出白线之外了。车站人手不足，谁也没有埋怨一声。

四时零七分，临时列车驶入站内。就在正要进站还未进站的当儿，惨祸发生了。人群略显过分的动荡，随时压挤着站在最前边的两个人。因为是瞬间发生的事，不知道主犯是谁。不用说，这种行为并不带有恶意。大凡没有恶意的事情，向来都无法辨明。善意、无心，皆是杀人的利剑。然而，此种场合，还是不当成与意志有关的案件为好。幸男和秀子是一对顽固的恋人，而不是意志型的恋人，两人过于相信应该相信的东西。

因为臂膀挽着臂膀，单独一人的死是困难的。幸男跌落了，秀子斜斜地被拖了下去。此时此地，又有某种恩宠在起作用，列车的车轮不偏不倚正好打他俩并排的脖颈上碾过。事故一旦发生，车轮开始后退，这对恋人的头颅完整地并排于沙石之上。人们感叹于这位魔术师的技巧，内心里很想赞美一番司机神奇的本领。

机关里的两张椅子，一直空在那儿，等待着后来者。不过，工作照样无一延误地进行，太阳照样打东边出来，星期二之后照样有星期三。猫照样捕鼠。科长照样出席宴会。

……尽管如此，同事们望着空荡荡的两张椅子，有时还会感叹般地嘀咕：

"瞧！星期天死了。"

箱根工艺

丹后商会是出售照相机的商店，坐落于银座西七丁目，虽说是后街上一家朴素的店铺，但像他们这样在银座持续开二十年的商店并非很多。老板是第二代。上一代人奠定基础，于昭和初年不景气时代，勇敢地进驻银座。

丹后商会一年有两次慰问旅行，分别于盂兰盆节和年末进行。六名店员，一名掌柜和一名老板，清一色男子八人结伴同行。上代老板开始规定的这一活动，是进驻银座第五年以来历年的惯例。每次外出，均由每回都参加、一次不落的掌柜吉村负责选址和联系旅馆。

他的意见动辄倾向于风雅，尽可能远赴京都，参拜社寺庭园，点茶品茗，顺便去某地闲寂的怀石屋[1]举行句会[2]。然而，他的意见遭到老板和店员们的激烈反对。他以真诚和老练的待客技巧成为店内不可或缺的人物，但他这种故作高雅、似是而非的风流，也颇使大家困惑不堪。自打今年春天做了有史以来的第一套双料西服，他的装腔作势愈演愈烈。他那位从少女时代起靠唱打夯歌养育五个孩子的老母亲，十年前就去世了。有时，他谈起自己的母亲，总是说："我刚故的母亲……"听到这话，很叫人为他害臊。

经大伙儿讨论，一致决定去箱根。

七月中旬，一行人将于星期二一大早出发前往芦湖，在那里乘船、游泳，度过下午，傍晚下山去强罗，到旅馆尽情欢闹一番，住一夜后回到银座商店，正好赶上十一点开馆。

出发这天早晨，天一亮就开始飘荡着今日一整天的暑热之气。八个人个个挎着店内打折出售的相机，乘上平日空荡荡的开往沼津的火车。吉村重新统一为大家保管车票。一旦丢失就麻烦了。根据老板吩咐，在每个纸袋里分别装入采购来的巧克力、奶糖、口香糖、一盒"光"牌香烟和一枚三宝柑[3]，每人用车票交换一只纸袋。店员们领到之后，人人都向坐在车窗旁的老板扬起纸袋，轻轻注目，表示感谢。

松原秀夫是店员中最不起眼的皮肤黧黑的小个子青年。他在多子

---

1 怀石料理店。怀石料理，即饮茶前简单的饭菜，取僧人怀抱温热石块以暖腹之意，后发展为高级日本料理一大菜系。

2 吟咏俳句的诗会。

3 和歌山县特产，一种果柄突起呈椭圆形的蜜橘。

魔群的通过

的丹后家里兼任学仆。这个从小受到老板特别照顾的店员，虽然还是一副年刚二十一岁的娃娃脸，但处世已经相当圆熟，就连年长的朋辈也都自叹弗如。新进来的店员没有首先向始终带着严肃表情的掌柜讨教商品等级，而是首先选择了秀夫，向他请教。这位戴眼镜的娃娃脸老兵，自然就有了威信。

说起秀夫，比起看棒球，他更喜欢读小说。他做一般性运动，臂膀有力，但对棒球却满怀怨恨。初中时代，右手小指被球撞击了一下，不仅不能自由伸屈，而且有些变形，尽管不是很明显。他每当同女孩子对话的时候，生怕对方看到他的小手指，总是躲躲闪闪，打手势也显得很不自然。这样反而引起对方的注意，好奇地盯着问他："您的小手指怎么啦？"

他主持正义，诚恳率直，凡是关系到商店的事，只要被他抓住把柄，就连老板他也不放过。一天晚上，商店闭店之后，喝得烂醉的老板，误把批发商希望张贴的新产品广告画，看成是鲤鱼挂轴，借以炫耀自己，差点儿毁坏了那幅画。秀夫一把夺过来，藏在背后，而且从正面注视着醉汉的面孔，高声呼喊自上一代以来一直受其恩顾的批发商店主的名字，说道：

"老板，干这种事儿，对得起川村先生吗？"

他半带着哭诉的纯情的谏言使得沉醉中的老板醒悟过来了。几天之后，为了使秀夫逐渐坐上吉村继承人的位置，便吩咐他去学习会计工作。

就是说，健全而可靠的庶民道德，在秀夫心中依然具有生命力。

箱根工艺

这位青年穿着时兴的夏威夷风格的薄紫色衬衫，且十分正直。借朋友的书三两天之内必定返还，丢了钱包也不愿求人，为了回丹后家，曾走过四五公里的夜路。

他在维护正义时，偶尔也会有些美中不足。为此，他曾经同那些泼皮（街头小流氓）干过架，实在是没有必要。他在晦暗的横街为了援救那些受欺侮的卖花姑娘，发挥了骑士精神。这样的膂力往往成为屯影中常有的恋爱故事的起因。然而，害怕由此惹祸而逃走的卖花姑娘，没有看清楚秀夫长什么模样儿，所以两三天后在街上会面，仿佛素不相识，交肩而过了。不巧，她和秀夫都是近视眼，秀夫为了帅气并没戴眼镜。而且打架时先摘掉了眼镜，等他重新戴起来样子早变了。于是，眼镜使他们互相回到一般路人。正如人生和我们之间，总有个像眼镜般看不见的障碍物存在。这也是秀夫获得这一教训的好时机。

两三天前秀夫有点儿感冒，他隐瞒病情坚持工作，这种十分感人的悲怆、好奇而天真的欣喜，本是他战时义务劳动[1]以后养成的病根，今天也同样如此。全员一致行动的慰问旅行，是丹后商会每年必有的活动，照他的说法，就是"应该重视的社会接触"。因此，秀夫强忍逐渐加剧的头疼，拖着一副晃晃悠悠的身子，加入了今早的队伍。

从小田原换乘箱根登山电车，当接近强罗终点站时，气温降回东京黎明时分的清凉。沿线山崖随风飘拂的一株株紫阳花，擦窗而过，

1　原文作"勤劳动员"，亦称"勤劳奉仕"，指为所谓公共目的的参加无报酬劳动。

使得这些"城市小儿"睁大眼睛。紫阳花简直就像火车抛下的一团团白色烟雾，慌慌张张掠过一排排车窗。

"听说紫阳花的别名又叫'七幻化'，浮现于窗外的那副酥松柔软的样子，完全就是一种幻化。"掌柜说。

"什么叫幻化？"最年轻的店员问。

"哎？不知道幻化？没读过神话故事吗？"

"就是妖怪啊。"不到四十就秃顶的老板说，他身穿开襟衫，看起来人很精明，"为了使大家不在箱根遇上妖怪，还是请妖怪代表先去行个见面礼吧。"

除吉村一人表情严肃之外，其余六个年轻人突然爆笑起来。原来吉村的诨号就是"妖怪"，只有他本人不知道。

不久，他们一伙儿到达强罗，乘上一个月前刚开通的早云山缆车，前往乌帽子般高耸的早云山山麓，至终点下来，从那里乘大巴去芦湖。

根据吉村的节约计划，芦湖畔的午餐是从银座买来的果酱面包和煮鸡蛋。去时的车子里，吉村一路放心不下的就是那些煮鸡蛋。他担心包袱皮没有扎结实，鸡蛋会破裂，出发前用丹后商会的包装纸连裹了三层。到达目的地茶馆，放在餐桌上摊开一看，包袱皮内八个煮鸡蛋，没有一个破裂，大家齐声叫好。吉村首先剥开一个来，只见鸡蛋浑如圆石，在正午湖畔的阳光下，裸露出光亮的乳白色内里。

他们不打算去芦湖旅馆，于是大家到茶馆里间，脱掉身上的衣服，准备游泳。秀夫也不甘示弱，一切学着别人的样子。不一会儿，他们就一同浸在湖水里了。秀夫的腿脚触及水草，那番绿色蓦地使他感到

箱根工艺

一股预料中的寒气。岸边有小小的石斑鱼游动。那些在夏日的阳光下暖一暖脊背、死一般漂浮于水面上黝黑的龙虱[1]，一旦与游泳的手所泛起的波纹接近，便猛然活跃起来，一头扎入水底。酷似赝品而呈现完美形状的富士山，在湖面上晃漾不止。

秀夫简直被寒颤和高烧彻底打倒了，他硬是咬紧牙关，决不负于朋辈。其间，他产生一种错觉，仿佛天上的太阳是一把光锥，直向他颅顶刺来。他终于不堪忍受，回到岸上。他的嘴唇失去血色。他看见在茶馆下棋的老板和掌柜，两人雪白的衬衫连在一起。秀夫摇摇晃晃走近他们身边，好不容易回到里间有榻榻米的房子，在那里躺倒濡湿的身子。老板和掌柜惊讶地走过来。

秀夫高烧接近四十度，为了去强罗看病，他穿着夏装在肩膀裹上毛毯，随同掌柜先行前往强罗已经预订的旅馆。为了不使这次的慰问旅行变得扫兴，老板考虑，在那些到湖心游泳的伙伴回来之前，暂时隐瞒这桩突发事件。同事们只会认为秀夫是又想起那些不值一提的道德伦理才返回岸上的吧？老板望着五个游泳的人，他们搅起的水花没有丝毫的犹豫与不安，满怀信心地渐去渐远。

1　一种水上昆虫，体长约 40 毫米，体扁黑，侧缘有黄褐色条纹，后肢长，生长毛，捕食其他昆虫及鱼类。

※

　　秀夫很可能患上肺炎，随即注射了青霉素。他躺在旅馆厢房内一间稍微闲静的房子里休息，其余七人挤在另一端的房间里吵闹着，喧嚷着。

　　令这帮人照例吵吵嚷嚷的，是因为一种怪论：大伙儿都一致担心秀夫的病。当然，我们相信近年发明的这种特效药的威力，提起肺炎也不必像从前那样慌张了。不过，朋友在另一间屋子受苦，这边的屋子却高声吵嚷，这种事儿总是令人高兴不起来。

　　"但是，预计总是预计。"迷信神明的吉村说，"这可是惯例啊！十五年来，从未有过因有人生病而中断。诸位，能尽量做到的还是要坚持做好。我也是在为这座店而忍痛不肯离开，因此，照顾厢房里病人的事，一概委托战时担任过卫生兵的八木君了。诸位，让我们大家共同努力，尽量干下去吧。"

　　说着说着，他精打细算中堪称最奢华的重大项目——三位温泉艺妓出现在宴席上。青春的虚荣心忽然对她们发出热烈的鼓掌。鸟子、鹿子和小夜里三位坐在围成半"口"字形的七人面前，开始殷勤劝酒。八木有些恋恋难舍，将工作推后，接受她们敬酒。

　　及早演唱了《炭矿小调》[1]。这里的艺妓会弹唱的曲目很有限，问

1　日本福冈县民谣，从事选矿作业时唱的歌，战后作为闹歌和盂兰盆歌推广到全国各地。

哪首哪首不会，非常扫兴。于是，她们主动提议演唱《炭矿小调》。

老板起身装作如厕，打算去看望秀夫。正在走廊上同旅馆老板娘商谈什么的鹿子看到他，问道：

"到哪儿去呀，老爷？"

说罢，天真地跟在身后。

回头一看，她依然跟来了。

"好奇怪呀，厕所（她竟直言不讳！）和浴室都过去了呀！放着年轻人不顾，好忍心啊！好吧，有我盯着，抓他个把柄。"

鹿子一头出席晚宴的卷发，身子颇有弹性。强罗夏季的夜晚，照理说宴席上不会太热，但她穿着一身本该很凉爽的浅蓝色绉纱衣服，似乎依然觉得燥热。总之，她的穿法十分拙劣，一副坚实而肥胖的身体，宛若紧紧裹在一起即将发送的邮包，一点儿也不灵动。

鹿子绝非不美，但却长着一副寻常面孔。这是一张渔家女儿单纯而倔强的脸型。因为不曾化妆，看起来显得简素、朴实。

"哎，哎。"

搭在肩头的手指相当有力，老板不由打了个趔趄，抓住女人的手指。于是，被一种东西硌疼了。

"哎呀，是戒指！"

"是钻石的呢。"

要是钻戒，还是保持沉默为好，等对方问起再回答才更能抬高身价，然而鹿子却应声而出。这样的回答总显得有些可怜兮兮，处于一种自惭形秽的心理，就是说即使自己佩戴钻戒，也担心别人会不会当成玻璃看待。

"瞧！"

她举起手臂，走向廊缘的电灯光下。

"很亮，对吧？周围不是闪闪发光吗？"

"哎呀，真了不起！"

老板看也不看，随口应和道。接着，将手伸向厢房的唐纸隔扇。

"马上就到，你先回宴席吧。"

"不不，半路回去，太薄情啦。"

斜眼一瞟，一双黑眼眸，比起性感更能迸发出强劲而富有精力的东西。

"有人生病，不信你进去看。"

老板说道，他思忖着，声音若更大些，将会影响病人。

按理说，病房里应由旅馆的女侍照应着，但她似乎去干别的事了，不见人影。病人黑色的肌肤微微泛红，带着一张宛若煮透了的面孔睡着了，脸盘儿比寻常显得小了些。

鹿子从老板身后偷偷窥视病人的面容。她依然站着不动，两手捂着脸，"哎呀"惊叫了一声。

"请医生了吗？"

"请了。"

鹿子听老板说，先不惊动病人，因为店里很忙，打算明天留下秀夫一人，其余的人一概回东京。

"要是病情加重怎么办呢？"

"明天早晨再看如何。"

鹿子终于坐在榻榻米上了。她考虑问题时，必须坐下来才行。她仔细瞧看病人的脸，摘掉眼镜的秀夫的睡相，总显有些松弛，比起寻常来似乎更加单纯、天真。鹿子凝视了好一会儿，连忙说道：

"余下的都交给我吧。白天没生意，我可以照料他。"

"那太让你费神了。"

"没关系，真的。"

他本想制止鹿子当场做出决定的用心，但一时又找不到好的办法。老板总觉得鹿子对这个小伙子感兴趣，但转念一想，不管怎么说，病人再有两三天就能乘火车了，短暂的看护时间，不至于闹出大乱子来。再说，这类义务性的看护，可以省却一笔钱财，因此，老板一开始就不打算跟十有八九提出异议的吉村商量，随即答应了鹿子的请求。第二天早晨，鹿子穿着浴衣走进旅馆秀夫的房间时，已经是十点多了，丹后商会一行人已经离开两个多小时。

来到秀夫枕畔的，是一位他从未见过的女子。

束着刚洗完的头发，浴衣外系着粗鄙的红带子。她走到枕畔，说：

"我是护士，受您家老爷之托，每天过来照料您，直到痊愈为止。您喝茶吗？"

她端起盛着粗茶的茶碗。秀夫摇摇头。

玻璃门紧闭，屋内很热。房帘映着淡竹的影子，庭院里是钢筋混凝土堆砌的极不自然的峨峨岩石，没有一丝凉风。这是一座舞台大道具般的庭院。

秀夫回忆起芦湖死寂般清澄的湖水。他的高烧促使他这么想。

守在一旁的女人不知他要干什么，但想起今天一大早出发的他的那些同事，打那时起，以后的记忆似乎变得暧昧起来。

艺妓鹿子虽然也说些职业性的玩笑话，但她从来不笑。她单纯认真的眼睛里，充满着对自己所想到的"看护"这一牺牲性的好奇。

突然一只冰凉的手插入秀夫胸间，他大吃一惊。退热剂起作用了，他的胸脯渗出汗水。

"哎呀呀。"鹿子仿佛洗晒衣服忘记收的女人，高声叫喊起来，"出了好多汗啊，不擦去会有害的。"

她叫女侍拿来换穿的浴衣和浴巾，让秀夫脱掉浴衣。鹿子帮客人脱衣的手法颇为娴熟而富于职业性。不过，从一旁看来，只能是这种印象。鹿子认为，作为护士，必须采取稍稍残酷的脱衣方法。

鹿子为秀夫擦去汗水，对他说：

"您睡一会儿吧，我一直守在这儿。"

"你是谁？"

"我是谁都没关系，您还是快睡吧。"

"我不想睡。"

"那就给您讲个故事吧，我的悲恋故事。"鹿子说出"悲恋"两个字，一点儿也不觉得难为情。

睡在病床上，突然听一个素不相识的女子谈起私房话，秀夫立即有些惊慌失措。虽然这则悲恋故事讲到那个男人服毒自杀就结束了，但也花了一小时。

"他跟着我追来了，非要和我结婚不可。我说自己都离家出走了，凭这副身子，不能和你结婚了。他辩解说：'虽然是情不得已，可也有一部分原因在于你的犹豫不决。'他半晌不言，接着问道，'不是吗？'谁知，等一回到东京，他就服毒自杀了。还是个学生啊！报纸也刊登了消息。这么一小点儿。"

她用手指描画了一个报纸最下面的新闻方框给他看，大小相当于一块方糖。

"你说'凭这副身子'是指什么呢？"

病人追问。

"就是这副身子嘛。我是艺妓呀，真的。我叫鹿子。请关照。"

女子说。

鹿子直到晚上都在细心照料病人。当按约定要去筵席演出时，她换上衣服回去了。夏季里，强罗市区的强罗旅馆，随处都有没完没了的宴会，尤其是车站后街的两三家旅馆，更是应接不暇。总之，都是平价的色妓，几乎连日陪宿。她们舍不得花钱雇用人力车来往奔驰于山间各处旅馆，而是乘坐登山缆车上上下下，其余的路程还需自己迈动双腿。上行车和下行车，在没有中间站及其他任何建筑的地方交相通过。黄昏时节，随客游览芦湖归来的艺妓有时同那些前往山腹旅馆出席宴会的艺妓，上下擦车而过。她们凭依窗口探出头来，互相尖声地打着招呼：

"姐姐，今天挺高兴吧？"

"哪里呀，心情总是不爽适呢。"

"为什么？"

"一个女人家，竟然扯着嗓子大叫，太不像样子啦。"

这样的对话进行于刹那之间。随后，声音倏忽被抹消，继续上行的车窗内那位喊叫的艺妓，眼望着对面下降而去的车灯，不知不觉变成夕暮黄昏的一点灯影，不一会儿，被包裹在下方车站与土产店的雾气里，融汇于一派潮润润的灯火群中。

夜里十一点光景，鹿子潜入秀夫的房间。她一进来，仿佛用四条腿俯伏在榻榻米上。女侍前来制止，她学小孩子耍赖，声明自己付住宿费。

"热度怎么样？"

鹿子问。那双眼睛没有醉。

秀夫在床上躺了一整天，他有点儿自责，即使面对如此的关怀，也只能作出冷淡的回应。他虽然听说老板给他留下话来，让他充分静养，等病好之后再回店，不过，请这样的艺妓看护，倒是出乎他的意料。同早晨见到时相比，鹿子穿着宴会礼服，化了妆，秀夫看到她头发和面颜都很美丽，但他心中有种莫名的不快，真想一脚将她踹出门外。他不愿被女人触碰。

"出去！"

秀夫说罢，转过脸去。鹿子从背后望着他，一直等待着。女人忖度着，您总会朝我望一眼的吧？

鹿子在他身后趴着，似乎微微晃动着身体。

"我喝点儿水。"

她打开水瓶，向枕边吃药的杯子里倒了一杯水喝了。

她喝水的声音很大，秀夫看着她，有些恐怖。

"说真的，今晚有约定陪宿，我是私自溜出来的。"

她这么说着。醉意似乎鞭打着女人的身体，那是来自外部被恣意蹂躏的醉意。她剧烈的喘息，反而使病人负有看护她的义务了。女人央求让她睡一会儿，说罢，衣带也未解，就滚进秀夫的被窝里了。枕上头碰头，他从旁斜睨了一眼，女人双目紧闭，犹如一条紧绷的细线，眼角里渗出的清泪，顺着鬓发流淌下来。另一条泪痕干涸了，闪闪发光。

秀夫想为她排遣一下心中的凄苦，蓦地将手伸向她的腰带。木材般又冷又硬的衣带解救了他。秀夫用手指轻轻拉一拉衣带，叩击着。只听到剧烈的响声，女人一直静寂不动。秀夫停下手来，女人依旧死一般毫无反应。这样的沉默很可怕，秀夫再度伸出手指，使之发出老鼠啃物似的声响。

好一会儿，鹿子依然闭着眼睛，伸出手臂揿灭灯笼状的台灯。秀夫觉察到女人用腿夹住了他的腿。重如铁锚！秀夫想。他感到，自己的双腿仿佛同铁锚连成一体了。

翌日，鹿子带着刚刚退烧、感冒尚未全好的秀夫外出散步。不过，与其说秀夫获得了爽快而奇妙的恢复，毋宁说是体内感到一种不可指望的过于透明的恢复，因而，他主动答应她一同散步的请求。

女子登上石阶，打算去强罗公园。她的手牵着秀夫的手催促着。陡峭的路途上，青年气喘吁吁停住脚步。他并不认为那是因为生病。沉浸于自己无力的欢欣之中，这样的心情还是头一次。

平日早晨的温泉街只能听到蝉鸣，一片闲散的景象。但山坡路上的各家旅馆的大门、刚刚揩磨洁净的阶梯，竞相放射着静寂的光亮。慢了二十多分钟的午前十点时钟的响声，从账房的木格子中漏泄出来。

艺妓和店员手挽手登上斜坡，立即进入强罗公园杉林围绕的大门。沿着石阶穿过树丛一直向上攀登，正前方，早云山犹如绿色的神祇伫立不动。

秀夫为生来第一次恋爱而兴奋不已，其心情略有些鲁莽。他想到那众多的荒唐事，其中最使他费尽思索的是，莫非鹿子真的是处女？稍稍年长的男子，在怀疑处女这方面，因感到自我满足而洋洋自得，但像秀夫这样的青年，处于对世上任何不合理的事情皆抱有信赖的状态。不仅如此，鹿子那柔软而富有弹性的肉体，确实充盈着处女般未熟的经得住咬嚼的深味儿。

两人听到向早晨的天空喷水的声音，听到高高树枝上小鸟的鸣啭。登到尽头是一块圆形台地，被一座绿草镶边的巨形水池占领了，中央岩石建筑的烛台形状的喷泉池，水花高高飞扬。生长在喷泉下面岩石上的茂密的夏草，由于不断沐浴于水里，呈现出醒目的绿色。

所有的长椅上不见一个人影，因而，他们为坐在何处而犹豫。

猴舍是看不厌的景点，讲究人道的某外国兵，借口冬季严寒，猴子太可怜，命令町长安装暖气，但终以预算不足为理由请求其谅解，随之建了这座附设的猴舍。老猴子待在巢里，小猴子蹲在猴舍中央树木的梢顶，动作老练地吃着煎饼。

两人心不在焉地望着猴子，这时，鹿子突然想起什么似的，从袖袋里掏出口香糖投给小猴子。猴子立即吃了，最后将手伸进嘴里，将长长的糖丝尽量拉扯出来，逗得大家一阵欢笑。

正直而富有道德的青年，从浅蓝色夏威夷衫的口袋里，掏出几张钞票，认真数了一遍，转向坐在面对喷泉的长椅一端的鹿子，一时摘掉眼镜，用一只手的指头摆弄着，惶恐地对她说：

"鹿子小姐，承蒙你热情照顾，谢谢了。我今天下午即将回东京，真的多亏你了。再说，病也好了……"——他用"深深感谢"的语调叩首，"在您百忙之中打扰了，对不起。"

他在考虑是否将身边的钱全都交给她，为此他一时拿不定主意。老板虽然为他留下住宿费，但假若在这里将零钱全部给她，那么回去的路费就没有了。不过，将数好的钱抽出两百元留作路费，这也显得太吝啬了吧。干脆将情况如实讲清楚，从已经交给她的全部金额中，重新将路费要回来。

他很笨拙地将钞票塞给女子。

"给，请用这些钱买点儿点心什么的吃吃吧。"

这种台词似乎是在哪本低级趣味的小说里学来的。

女人倏忽瞟了一眼，空举两手，粗鲁地打了个哈欠。

"钱吗？那一点儿顶什么用？啊，好困。"

"惹你生气，对不起。不过，要是万一生下我的孩子……"

他有些难为情地用眼睛默默数了数手上的钞票。

"生什么孩子啊？别提那档子事儿啦。告诉您吧，我呀，堕过两次胎。那种苦可不是好受的。早知道还不如干脆生下来好。一把小银匙似的东西，周圈儿刮了一遍又一遍。接着，一块块碎肉丁流了出来。我当时是，一、二……一共出来五块。第二天肚子疼，到厕所一坐下，又出来一块。要是留在体内，会出大事的，好可怕！"

听她的口气，似乎在讲别人的事，说起这些事情心里很痛快。不过，这些类似白痴画的画一般不知羞耻的故事中，完全没有猥亵的感觉。

"看来，你的意思是，你对我好不是出于职业，而是为了爱。是吗？"

"是的。"

鹿子做了一个用浴衣袖口擦擦面颊的动作。她望着喷泉的水雾对面树林莹润的影子，像丢了什么东西似的流下一大滴眼泪。秀夫看到了。于是用一副感激的语调颤抖地说：

"本来嘛，作为男人，我要负责任，我绝对要负这个责任。和我结婚吧，回到东京，我就跟店主说清楚，请求谅解。"

鹿子听罢，面色简直难以形容，眼看就要哭出来的样子。随后，如此单纯的表情之上，又呈现出一脸绝望、嘲笑和各种奇妙钝感的神情。

"那可不行。"她满心不快地重复着，"那可不行。别看我这副身子，租金五万元哩。"

"五万元！怎么办？这么贵，我可付不起。"

"所以，不谈那种事儿。不过，细想想，还有个办法。但真要做了，我还是人吗？那可是不合义理的事啊，连畜牲都不如。"

秀夫问鹿子是什么办法，于是她特地把过去秀夫瞟也不瞟的自以为傲的钻戒，从指头上脱下来给他看，一边讲了下面的事。

原来，很早以前有位老爷打算付给鹿子五万元，这位老爷是小田原一家老字号鱼糕店的老板，当时他再三表示，要不要付五万元都按鹿子的意思办，如果想成家，可以随时请他帮助。此外，因空口无凭，便赠给她这枚按时价值六七万元的小粒钻戒。因此，钻戒可以说是送她的，如何处理那是鹿子的自由。然而，要是卖了钱作为自己的赎金，跟人家"拜拜"了，那只能说是有悖于人伦。倘若卖钻戒时，想获得老板另外一笔五万元，那必须他点头才行。那样一来，她可以一方面使得指头上的五万元始终银光闪闪，一方面又将自身的自由捆绑在另一笔五万元上。

满怀正义感的青年，听罢讲述，更加深爱鹿子了。理由是，鹿子那种慑于义理人情没有走上安逸之路的表现，使得秀夫肃然起敬。他认为，人就应该这样。这个堪称淫奔之妇的温泉艺妓，一颗耿耿赤心令他大为感动。

秀夫为之激动，又忽而感到寂寞。自己并非处于这则美谈之外，美谈不知不觉变得对他不利了。

"听到这件事，我似乎打内心里迷上了鹿子。但糟糕的是，要想两人结婚，即便不合道义也只能卖掉这枚戒指，没有别的路可走。然而，鹿子要是出于爱我而卖掉戒指，恐怕又会使我厌恶她了。"

他蓦地从夏威夷衫的袖口里感到一股寒气。太阳升高了，蝉声徐徐增强了喧骚，然而，他却感到一种无可名状的严寒。

一只蜻蜓忽然停在空中，看那样子似乎一直凝视着两人的额头。

秀夫催促鹿子离开。当时，他为脊背袭来的寒战而感到欣喜，心想，没关系，要是再发烧，今天下午就不必回东京了。

这时候，一阵"啪唧啪唧"手拍水面似的歌声越来越近，是一群小学低年级学生。他们有人绊了一脚，有人摔倒了，有人带头儿，有人殿后，有人拐进小路捡拾路边的废纸屑……他们排着队向喷泉池走来。

"哎呀，喷泉！"

大家惊叫起来。孩子们将吊在胸前写有各人名字的手帕，高兴地朝向晴朗的天空，奇怪地仰望着喷泉的飞翔。那姿态，恰似一只被捆住双足极力挣扎着的巨大而透明的天鹅。

当天午后，秀夫再次发烧躺倒了，东京打来询问电话，随即如实报告了热度。他感到顶着冰囊的额头渐渐失去了知觉，一心巴望刚才在强罗站前告别的鹿子快些回到他身边。

鹿子没有来。秀夫于自己从金库里掏出五万元后被老板发现的噩梦之中，高喊一声醒来。当时，他渴望着鹿子能来握住自己的手，然而，问问女侍，得到的回答是，或许去出席哪里的宴会了，不知人在何处。

翌日早晨，依然是过了十点钟，鹿子身穿麻叶浴衣，手执为药店做广告的极便宜的团扇，前来探病。

"昨晚到哪儿去了？"

"去唱筵席了，就是那位老爷。前天被抛在一边，昨晚受不了啦。不过实在可厌，馋嘴猫儿似的老爷子。浑身的鱼糕臭，简直就是个老色鬼。这不，今天一大早就去请医生了。"

"干什么？"

"这还用问？冲洗呗。我喜欢他那副好心情，每次都感觉像处女。"

秀夫嫉妒得近乎发狂。他觉得鹿子晃动于浴衣胸脯上的一对乳房很肮脏。于是，那种肮脏使得他所渴求的人儿，在他眼里水一般地消泯了。

鹿子照例细致入微地讲述了昨晚的闺房秘事。听着听着，病人狂躁起来，说了本不想说的一些话。

"再等一周，我一定能搞到五万元，一定拿五万元娶你。"

秀夫说。

鹿子星眼微饧，满含兴味儿地听着。过一会儿，她这么说：

箱根工艺

"可您呀，打算怎样获得这笔钱呢？"

"亲戚中有富贵人家，我刚才想起来了。"

"偶尔想到的亲戚，往往都不是有钱人。啊，没关系，等搞到五万元了就结婚，两人可以去哪儿打工。最近我看了美国电影，我喜欢西部开发的片子。"

当晚，鹿子住到秀夫房间里，第二天，秀夫还没有明显退烧。就这样，又过了两三天，再没有出去散步，一半是借着装病泡在房里幽会。谁知，掌柜突然从东京前来探病。

"还不能动吗？但住宿费不好再增加了。这点儿热度也还是能走动的，不是吗？"

时常来这里的不太精明的女侍，打算应合他的口气，说道：

"两三天前还出外散步呢，没问题。"经她这么一说，秀夫在吉村眼里，就成了一个阴险狡猾的人了。

"我一直认为你是个老老实实的青年，没想到这么快变成了战后派[1]。"

"是。"

"总之，今晚跟我回去，要向老板报告。今日下午这种热度，回东京慢慢静养会好得更快。"

"是。"

秀夫穿着浴衣，缩着双膝规规矩矩坐在铺垫上。这位青年心里，

1　原文为法语：après-guerre，这里指反对战前旧传统、旧道德的青年。

泛起各种奇奇怪怪的欲望。他甚至想杀掉眼前这个掌柜。

"这么看来，一定是临死前琢磨过哪位改写的辞世句，道是这只妖怪的风流不死身！"

他只是这么想，丝毫不能使自己获得安慰。他的心不道德地颤抖着。秀夫甚至将散步以及昨天和今天的装病看作是给老板丢脸，基于这种理由，干脆破罐子破摔，从金库中窃取那笔已经约定的五万元钱，朝着"失敬的诱惑"迈步而去。

总之，今晚必须动身回东京，这是按照这位风流掌柜预先设想下的一道严格命令。秀夫为了立马见到鹿子，托女侍给她前往演出的宴会打电话，对方回答说，那家旅馆正巧同公园接邻，利用他出发前的短暂时间，鹿子可以离开筵席前来公园幽会。

朴实的青年向掌柜请了半小时假，他一走出旅馆，就凭借得以恢复的劲健的双腿，快步登上一段陡坡，接着，一边沐浴着被美军接收的强罗旅馆后面窗内的灯光，一边奔跑。都市的夏夜，纳凉客都群集于公园里，而箱根的凉夜却可以于房内尽情品尝，因而，不见一个进入公园的人影。

秀夫忽然听到蓊郁的杉树林各处的夜蝉，发出一种响亮的鸣声。那时断时续的嘒嘒蝉鸣和白天不一样，使人感觉比起蝉鸣更像嫩舌初试的小鸟的歌唱。他登上石阶，到达空无一人的喷泉的台地。路灯照耀着喷泉，宛若白色的幽灵伫立在那里。

他坐在椅子上等待着，森林远处传来地动山摇的响声，那是上行登山缆车的声音。

鹿子宴会服的裙裾高高卷起，动作犹如玩跳房子游戏，从一侧的石阶上跑下来，到他跟前时果然醉了。

"听说您要回去？我不放您走。"

她吐着满嘴酒气，一下子咬住了秀夫的耳垂。接着，身子俯伏在男人的膝盖上，哇哇地哭起来。这是预先设定好的程序。

开始时不知道她想说什么，后来才弄明白，原来她一边痛苦挣扎，一边反复叨咕着一个词儿——"对不起"。

"对不起，对不起，对不起。"

"什么'对不起'？"

"有件事我瞒着您下了决心啊，哇——哇——"

"下了什么决心？"

"我有预感，虽说我并不认为您今晚会真的带我走。不过，就在刚才，我已经答应了。"

秀夫未曾发问之前，不由悲从中来，一边哭一边摇撼着女人的身子。

"说说看，答应什么了？"

"回答前我先问您，您说能拿到五万元，恐怕是想盗取店内金库而远走高飞吧？"

"怎么会呢。"

"不，准是这样。凭我的直感我知道。您肯定从昨天起就在打这个主意，对吗？"

"啊，正在爱着的女人，脑子好厉害！确实是这样，我是坏蛋。"

"正因为我知道，所以我不能眼看着您犯罪而不管。今天下了决心，我答应了老爷，我已经是老爷的人啦。"

秀夫已经无法继续置身于鹿子自我牺牲的爱情之中了，他严厉谴责她的背叛与不诚实，强烈非难女子只顾浅薄的自我陶醉，背叛险些导致自己犯罪的爱情行为。

公园上头，四面展开着七月末美丽的星空。喷泉时而飘曳，时而伫立。枭鸟在周围树木的梢顶啼鸣。哭喊的情侣往往能抵达自私的正确，冷静的情侣则易于犯下客观的谬误，两种事情相反相成。一方面，鹿子好容易才答应秀夫关于延迟支付老爷赎金的要求；另一方面，秀夫发誓绝不会再干那些陷自己于黑暗洞窟的事情。于是，他俩不知不觉所抵达的只能是不顾义理人情的结论——卖掉那枚钻戒。

"我决定将它舍弃……要是在箱根卖掉，立即就会传到老爷耳眼里……您若回东京，可在东京马上卖掉，然后快速将钱带来。我真的交给您，行吗？不要弄丢了啊，阿秀！"

鹿子恋恋不舍地脱掉戒指，十分珍爱地对着星空照着给秀夫看，对他说："怎么样？挺亮的吧，同星星一个样儿。"

※

秀夫回到东京，第二天一早，拿着戒指急忙赶往银座贵金属商店。鉴定时间不到五分钟，结果是价值三百元的玻璃戒指。

鉴于鹿子一直相信戒指是真货，秀夫在送还戒指之前，先发一封快信探寻她的意向。他遵照鹿子将戒指卖掉的指示，问她三百元肯不肯出售。鹿子一直没有回信。一星期过去了，他有些焦躁。两星期过去了，他慢慢冷静下来，变回原来那个谨慎正直的老店员。一个月过去了，他渐渐遗忘了。只有玻璃戒指无言地留在他的手上。

鹿子知道那枚戒指是假货吗？还是根本不知道？

这段时间，秀夫依旧每天若无其事地来店里上班。和从前不同的是，右手小指上戴着一枚假的女式"钻戒"。女人虽是戴在中指上的，但青年的小手指好不容易才套进去。同事们自不必说，这枚戒指甚至成为那些熟悉的顾客们调笑的材料。秀夫只能默默地红着脸不作任何说明，蜷起小手指将戒指遮掩起来。他这样做也有一得：由于隐藏戒指，也顺势隐藏了平素羞于见人的畸形的小指。

不过，使得秀夫感到心情不快的是，多少了解些情况的性格爽直的老板，凡是有人向他问起那枚戒指，他总是从远处意味深长地凝视着秀夫的手指，说道："那可是箱根工艺啊！"

伟大的姊妹

当时伟大的人物，

如今已去了无痕。

——埃斯库罗斯[1]《被缚的普罗米修斯》

一

昭和二十四年[2]一月十一日，是唐泽秀子十三周年忌日。昭和十二

---

1 Aischylos（前525—前456），古希腊三大悲剧作家之一。代表作《被缚的普罗米修斯》，其他作品还有《俄瑞斯忒亚》三部曲等。

2 即1949年。

伟大的姊妹

年一月十一日，秀子去世，享年八十四岁，距丈夫逝世二十年。

法事在建有丈夫胸像的目黑桓山寺庭院举行。日俄战争中功勋卓著的唐泽将军，本来于战时在故乡九州久留米市建了一尊巨大的铜像，其后了无痕迹。两相比较，这座胸像由于不很起眼，战后才免于被撤除。加上台座，不足六尺，位于枯草坡面两棵茶花树之间，用今天的眼光看，那两撇短剑般的凯撒胡[1]，同两颊呈直角向左右突出，令人怀疑这是不是雕刻家的夸张。这黄铜的髭须，沐浴着茶花树绿叶的反光，最初的印象，看似仪表堂堂，严肃而又勇壮；但看着看着，突然变得滑稽可笑，不堪忍受。见过的人，临时服从最初一度冰结的紧张的印象，然而，感情只能耐得住一定的持续，因此，这种紧张终将于某一瞬间爆炸而四散开去。就是说，那副笑容是抵挡不住互相凝视的笑容。

桓山寺的庭院里茶树甚多。自僧房眺望本堂后面的假山，可见各种各样的常绿树，松、八角金盘、黄杨等林木之间，随处点缀着茶树，看上去一目了然。其中，茶树叶子最易反光，于昨天雪后今朝丽日，在众多树木之中，唯有茶树凝集一体，光耀魅人，一看就能分辨出来。

僧房的厅堂内，约有三十人等待着法事举行的时刻。铺着榻榻米的廊下一隅，显著地张贴着传单，为这些人解闷儿起了很大作用。老人们架着老花眼镜，仔细阅读这些密密麻麻的蝇头小字。

第三十六回 "时光的宣传"

---

1 德国皇帝威廉二世特有的两端向上翘起的短须。

道元禅师曰：

佛法众生皆时光。

大海群山皆时光。

尽介头头物物皆时光。

亲鸾上人曰：

想念明日的心，

犹如零落的樱花。

传教大师曰：

世界没有一日之外，

昨日过去不知明日。

　东京品川××会

"说得多好啊！'大海群山皆时光'。"一位面孔布满黄褐色斑点、身着礼服大衣的小个子老人说。没有人回应。此时，这位原拓殖银行总裁，为了表明自己这话属于自言自语，并非说给别人听，又在嘴里嘀咕了一次："说得多好啊！'大海群山皆时光'。"

的确，大海群山皆时光。映入人眼的社会上的各种事项，一旦投入记忆的世界，只不过成为编入时光秩序的存在罢了。那里所有的只能是时光的海洋，时光的山脉。波浪已经不再是拍击海滩的青青海水。充满时光的海水的海洋，只不过翻涌着时光的海潮，时光的波浪。那时候，大海反而露骨地呈现出它的本质，即流转的本质。

人也是呈现着时间的形式。只有这个，才是人们足以确实信赖的外形。

法事于午后二时开始。在这之前还有十多分钟，一伙人盯着火钵不放，另有几个人聚在那些传单周围。还有一人凝神注视着壁龛里的挂轴。随处飘荡着冷冷的不景气的低语。

集中在这里的，简言之，都是贫乏而"伟大"的一群。唐泽家族凭借智力而非金钱势力成就了伟大。唐泽将军是享有二人扶持[1]的武士之子。他的儿子和侄儿皆于官界、财界名闻一时。全家绘制了一幅"伟大"的工笔画。随后又一同沦落下去。

唐泽正宏原为海军造船中将，现秉情受雇为轮船公司顾问。唐泽正继原为拓殖银行总裁，现贩卖镰仓雕漆，赚取小钱为生。唐泽正显原为大学教授，如今经营一所二流新制高中学校。唐泽正文原为关西某家垄断企业的代表，如今制造法国玩偶。唐泽正威原为五井财阀重工业部门的经理，如今经营招牌租赁业，这是协助那些被取缔的商家重新恢复常年以来的门面、靠介绍费维持生计的新职业。唐泽正隆原为农林次官[2]，现在编辑出版一种御用农业杂志。老实说，即便过去他们也称不上伟大，每人只是稍稍举步便放弃了伟大。

唐泽家的男人们，具有某种伟大的谛念[3]的气质，这正是使得女人们为之焦灼不安的地方。这个家族符合伟大之名的其实是女人们。此种属性与其说来自唐泽家族，毋宁说是来自唐泽秀子娘家福永家族。

1　扶持，即俸禄米。二人扶持，即享有双人俸禄的待遇。

2　内阁中的农林省副大臣，相当于农林部副部长。

3　此处含有断念、半途而废的意思。

秀子多有内助之功。年轻的武官都把这位将军夫人仰作母仪。

唐泽家的男人一概矮小，女人一概高大。年高八十四岁的秀子所保有的巨躯，由双胞胎女儿原样继承下来。嫁到三崎家的浅子和嫁到栗岛家的槙子，及长，均显现出父母的遗传，相继于丈夫去世后而愈益倾向于肥胖。

浅子的丈夫三崎圭造，去世时为藤仓造纸厂常务董事。槙子的丈夫栗岛研一，作为华北派遣军总司令，赴任途中因飞行事故而战死。再加一把劲儿，她们也会盖过丈夫的伟大。

浅子和槙子同为六十八岁。依照孪生的惯例，先出生的浅子称后出生的槙子为"阿姐"[1]。浅子二十贯[2]，槙子二十二贯。

姊妹虽然都穿缝制的丧服，但剪成的短发多有不合适。或许这就是使得她们看似女摔跤手的缘故吧。论脸型，槙子较为端正，正因为如此，目光稍感冷峻，双唇略显单薄。两人都继承了母亲的"富士额"[3]。颜面光艳，其光泽乃为血色良好的老人所特有的那种非生物无机体的光泽。两人胸下之处总是敞着怀儿。每逢夏季，常常用痱子粉涂抹大腿，以防磨裆。浅子的儿媳初次为婆婆涂抹时，着实为这位老太太肥白的大腿惊诧不已。

浅子和槙子肩并肩坐在靠近向阳一端的座垫上，全家人的视线动

1　日本古代依古罗马惯例，凡孪生，后出者为兄姊，先出者为弟妹。

2　重量单位，1贯约为3.75公斤。

3　美人脸型之一，即前额短发呈富士山形状。

辄集中于两位老迈而巨大的孪生姊妹身上。事实亦如此，唐泽家族的伟大只遗存于两人的巨躯之上，绝无仅有。

"今天阿兴没来啊。"槙子说。

"放学以后总该来的呀。兴造他，看样子不会来了。"

"为何又不来了？"

"那样的孩子，说不想来他就不会来。男儿就应该如此，那孩子肯定有出息。"

浅子的孙子兴造十七岁了。三个孙子当中，浅子最瞩望于兴造。这位少年个子小而敏捷，充满反抗之心，脱离了唐泽家族共通的踏实的苦学家类型。不容遗漏的优点还有一个，即他与别的性格柔顺的孙子不同，兴造从未向浅子讨过零钱。兴造总是冲撞浅子，但她并未受到物质方面的损害。

"阿姐，如今有什么困难吗？"浅子问。

"这个嘛……"

"两千元可以吗？最近手头实在有些不如意呢。"

"啊，总是给你添麻烦。"姐姐向妹妹郑重行礼，"这次回来这里，连一束花也没有献。"

"要是这样，就直说好了，阿姐真是太见外了。"

浅子从腰带间掏出结草虫丝的钱包，取出两张千元钞票，迅速塞进槙子的坐垫底下。槙子好一会儿佯装不知，她看看周围，然后将两张纸币放入袖筒，再请浅子帮她压一压袖口。姊妹俩的一举一动，诸处皆像做戏。明治时代东京的家庭，仿佛故意赋予生活以抑扬，为感情增添一番祭祀般热闹的乡愁。此外，槙子又用那只袖口揩拭了下眼角儿。

宣布法事开始的铜锣敲响了。人们走进本堂。这是一座宽广而缺少风情的本堂。百货店柱子似的涂着白粉的大圆柱，悬挂着绘有龙的黑地锦的旗幡，水瓶大小的华瓶[1]内，插着幻想的巨大蘑菇似的金银莲花。侍僧鸣钲，身着紫袈裟的住持为首的十五位僧人的行列，出现于本堂之上。

施主是唐泽正威。长子正弘因贫窭，遂将施主之职让给弟弟。

僧侣们的行列，初以坐在朱红椅子上的住持为中央列坐两旁，诵读含有咏叹的长诗性的训诫经文。其间，住持站起来，一手拿着红色的如意烧香了。行列开始迂回而动，十五位僧人合十，一边捻着佛珠巡行，一边口诵经文。众僧白皙的无感动的面孔，直接暴露在与会者面前。队列突然向右转弯，于是又像鱼类的头颅一般喋喋而进了。他们口中吐出的白气，在本堂白昼的薄明中漂流。这灰暗的轮回的舞蹈，真不知何时结束。

与会者并肩坐在灰色地毯的席位上，不断传来清嗓子的声音。那是流露不满的咳嗽。老人们粘连喉咙管的痰液，发出嘶哑的鸣叫，互相打着招呼。"我在这儿哪。"……"我在这儿哪。"……"我在这儿哪。"这些都是栖息在每人喉咙里的名为"老年"的鸟不悦的啼鸣。

开始烧香了，身子相互紧挨手炉的姊妹，在轮到自己烧香前，看到那些穷困潦倒的兄弟们一个接一个起身去上香的样子，实在感到气

1　佛具，供于灵堂前的花瓶。

闷。两人没有暖手的一只袖子像翅膀展开，宛若被摄入照片中的明治时代女人的姿态。

正弘站起来了。条纹裤子的膝盖裸露出来，他那副被年轻的将校们称为性情温和的黑红脸膛，犹如半朽的砖瓦，在那走运的时代，曾经为他增添威严的同一色彩，如今只能用来强化他的落魄。他迈开大步径直而行，坐到香案之前，合掌。看不出膜拜，仿佛是在道歉。烧香完毕站起来时，腰部着力，挺然抬起自己的老躯。他好不容易抬起来了。多少有些夸张的安然，临回座席时，嘴边不由浮泛出孩子般不谨慎的微笑。

"弘弟的锐气眼见衰矣！"浅子说。

"可怜的阿弘，不见当年风光。"槙子说。

正继站起来了。他极力显得比正弘年轻，挺胸迈步，犹如走在银行寒冷而宽大的回廊上。不知何故，光凭袜子感受不到脚下的厚重。他想起总裁室草丛般森森然柔软的地毯，想起涂漆的鞋子践踏的地毯，要是光着脚走在上头该有多好。如今，只穿着袜子的双脚在被蹭破的灰色的地毯上行走。不仅如此，他还必须跪下来。在什么前边？这位理性的男人并不相信幽灵的存在……倘使改变一下时间和处所，他能跪在总裁室的地毯上。权威的失坠，那场孩童般安谧的梦境……他曾想象过在胸间纽扣上别着纯金的纪念章，在那地毯上玩弹子游戏。孩提时代，正继被称作假女孩儿，他喜爱帆船、苹果、水鸟、星星和勾玉形的弹子……他三次抓起香末点着火，那股烟霭乃是某种充满眩惑的芳馨的徒劳……正继再度一边合掌，一边欣然感受着干燥的掌心两两相磨的纸一般的无力。

正显教授风格严峻的献词般的烧香、正文富有谐趣的略显慌乱的烧香、正威睄着雕像空疏而傲然的烧香、正隆用官僚式撮起文件的手势捏起香末的干燥无味的烧香……各有不同，姊妹再度发现了缺乏润泽的干涸。浅子无法默视这帮老朽的官宦的行列。她稍稍旋动着肥硕的膝盖，于是，眼睛炯然发亮，她看到了兴造。

任何老人都不可能像这位少年那样目无表情。放学回来的兴造，将巨大的帆布书包横放于交叉而坐的膝头，手里摆弄着背带上的小锁。书包那一半别人看不见的地方，用制图墨水描画着被箭镞贯穿的大红心。他倏忽对祖母浅子微微翘起鼻子，然后以一副"喊"的表情转向一方。这就是兴造的见面礼。

"你还是来了呀，兴儿。我说来他就会来。这孩子绝对不听他父母的话。"

浅子这么说道。此时，该轮到她们了。姐姐带头膝行，妹妹依例稍稍错开来尾随其后。这一对身穿丧服的伟大的姊妹，犹如两艘军舰向前行进，蔚为壮观。姊妹三次焚香，合掌哭泣。慌乱中掏出的手帕，在巨型手掌内操作一团。

姊妹回到座席之后，哭泣着等待有人前来劝慰。她们不是因为想起十二年前母亲的死而痛哭。浅子和槙子都非常喜欢法事，仅次于喜欢演戏。但是，今日的她们，却是为着不知从何方逐渐临近的自己的死而哭泣。

她们透过本堂高高门框上方的高窗仰望着天空，玻璃似的天空，晴雪翌日结晶般的苍穹。屋顶的积雪化成明亮的水滴掉落下来，时不时穿过那方形的蓝天。光明的雨！……老迈的姊妹感受到，死，就在那高窗外振动着翅膀。

接着，轮到兴造了。他走过浅子身旁时，厌恶地踩了一下那只套着白布袜子的脚。他也许估量着被踩的祖母惮于人前，绝不会大喊大叫，才敢这样恶作剧吧。他走在地毯上，略显腼腆，他一边走，一边两手交换着极力拽住上衣的下摆。他来到香案前，也不坐下。他用那只总是沾满泥土的不洁的手，抓跳蚤一般稍稍捏起香末，一撮、两撮、三撮，依然不肯罢手。

其间，兴造的嘴角鲜明地浮现出一种当他热衷于某件事情时常常流露的偏执而忘我的笑靥。手指繁忙地运送着香末，六次，七次。加大香堆密度，几乎断烟。

与会者席上传来窃笑。于是，变得大胆的少年，面对呈现反应的事物露出微笑。浅子笑了。她身旁的父亲一副苍白的面孔斜睨着这边。兴造停住烧香的手，做出了连自己都无法想象到的决绝的举动。他将屁股朝向祭坛，大肆摇晃着身子，叩击着自己的屁股。

兴造的母亲胜子，带着一副微微上扬的眼神站立起来。兴造跑回自己的座席，抱起书包，朝着通往僧房的回廊奔逃。深感对不起亲戚朋友的母亲，追也追不上他。一座骚然，咳嗽声愈来愈烈。只有浅子忘记脚疼，带着一副忍耐的表情对槙子说：

"兴儿就是与众不同啊，这孩子将来一定有出息。您说是吗，阿姐？"

浅子同担任藤仓造纸公司人事科长的儿子三崎良造，以及儿媳胜子，还有他们十分老实的长子源造，乘坐造纸公司的车子回家。本来打算，如果源造坐进助手席，还剩两个空位。但由于浅子膝盖的关系，无法让出助手席来。浅子将脸孔贴着车窗，娇声娇气地同槙子告别。

"阿姐，还好吧？可要注意心脏啊。"

"阿浅，你也好吧？可要当心血压啊。"

车子即将开动时，彬彬有礼的姐姐，想起尚未说完的礼貌的语言，随即敲击着抵压在窗玻璃上的妹妹的巨大脸盘，说：

"刚才啊，谢谢啦。"

她没有听见。车子开动了。浅子心中描画着，槙子庞大的身躯耸峙于众多穿着礼服的小个子男人之间，在桓山寺山门的投影下，看起来宛若煤烟熏染的黝黑的铜像。这尊身着丧服的雕像没有合拢的前襟，敞开着洁白内衣的长裾，透过玻璃的后窗，远远望去十分惹眼。浅子一边紧紧合上自己的前襟，一边对儿媳说：

"阿姐要是磨去点儿棱角就好了，她一心想着自己是军官夫人，循规蹈矩地活着，也真够难为她的了。假如再稍微通融一些，是可以寻到再婚的对象的。"

儿子夫妇想起兴造的事犯着忧愁，无法应合老太太的这番妄想。

这个世界有着可以忘形和不能忘形的两个种族。浅子看来属于前者。一直梦见伟大的浅子，忘记了自己伟大的体躯。然而，良造和胜子不同，他们在裁缝铺被问起尺寸时，绝不会像呆子一样回答"忘记了"。他们将热情、想象力，更滑稽的是甚至将理性都按自己的尺寸剪裁了。他们的贤明在于不容许贤明关联到自己的愚昧。如果说浅子想象力的筋肉是不随意肌，那么他们的就是随意肌。他们所具有的是：走到终点必然停车的电车的理性，泰然自若碾死人的理性，以及历陈过失在于被碾者一方的智能机械的理性。

兴造分辨不出自己的形状，这正是父母斥责他的主要根据。但谁又知道这个顽皮的少年属于哪个种族呢？

"威兄真的好吝啬啊。"浅子唱歌似的说着坏话，"本来说好的，法事结束回来的路上，施主要招待客人一番的。是吧，胜子？去星冈茶寮，是做法事回来之后的老规矩。威兄被弘兄硬派为施主，打算蒙混一下，真是不合道义。哎呀，我肚子饿了，怎么办呢？"

"绕到银座吧。"良造颇为不悦地说。

二

一天，浅子午饭后在养老室里守着被炉打瞌睡。一睁开眼来，阳光历历落在她的额头上。

老太太双颊浮现羞赧之色，仿佛感到自己的睡态被人偷看了。

冬日的太阳照耀着庭院油纸伞似的松树梢顶，内里犹如灯光一般明亮。只见一面闭锁的堂屋的玻璃门，寂然映照着闲散的庭园景色。毛糙的苔藓、冬枯的庭树，所有这些景物，似乎都在玻璃门中黝黑的室内，静寂地各得其所。两座灰色的庭院，隔着玻璃门相互映照而不呼叫，不交谈，仿佛对任何事情一律失掉兴趣的老人，默然相对，不置一语。

良造上班了。胜子在哪里？

浅子坐起来，用袖口掩着嘴唇，打了个小小哈欠。要是全部张开嘴巴，将成为一个同身体相称的哈欠，但她绝不会有这类不审慎的举动。她瞅着被炉上边木贼花纹茶碗内剩下的冰冷的绿茶，嘀咕着："凉了，不好喝啦。"随即喝了下去。

犹如没有装假牙的牙板咬不断食物一般，老年人的午后总是无限期地咀嚼着漫长的时间。到了下午，老年人明白自己不复存在。她已变成时间。她正确地活着。就是说，她并非时而超越时间，时而追赶时间，而是完全同时间雁行并进。

浅子将这座养老室称作监牢。她不知道是时间关押着她，而想象着把她当作囚犯的某种无形的恶意，这正是浅子生存的意义。倘使想象中的恶意存在于这个世界，浅子的骄矜真不知会获得怎样的满足。然而，说真的，将浅子看作对手的恶意根本不存在。这种看不见形态的恶意，更加深了她的猜疑。

浅子拿着施以四君子花纹的纤细的镂金银质烟管和烟袋，到茶室抽烟。这是晦暗的六铺席大的茶室，墙柱上的时钟发出凝重的声响。这里有青瓷大火钵。兴造跨在火钵上吃乌冬面，眼前的茶几上摊着一本杂志。他一边快速浏览杂志，一边吃着乌冬面。

"已经放学了吗？"浅子问。

"所以回来了。"兴造回答，眼睛不离开杂志，"昨晚太杂乱，我不喜欢。我说去学校，看罢电影回来了。妈妈不在家，我午饭不愿吃冰冷的盒饭，立即打电话订了一份乌冬面。"

"昨晚遭到好一顿斥骂，太可怜了。"

"那个臭老子，快些死了吧。"

作为世上道德型的祖母，对于这种亵渎父亲的言辞，不打算给予斥责。她眯细着两眼，像欣赏美好音乐般地倾听着。这个恶童灵妙的

伟大的姊妹

舌头，跳跃不止，操动犹如湿鞭子似的言词抽打父亲，祖母听了颇觉欣悦……昨晚，兴造夜间九时归来，没有让他进入家门。兴造敲门，大声哭喊着认错。良造顾忌着左邻右舍，这才放他进来……随后便是没完没了的指责，接着夫妇之间，什么"都怪你没教育好"啦，什么"婆婆太娇惯他"啦，等等，互相拌起嘴来。兴造趴在榻榻米上哭个不止。浅子正要到那里去，只听夫妇齐声高喊："妈妈请不要过来！"谁知打开隔扇的一刹那，浅子看到兴浩将嘴里吐出的口香糖，仔细涂进铺席缝隙，再也揩拭不掉了。

这位少年突出的前额，暗郁而无表情的眼睛，与面部向着同一方向、受到威胁的鹿耳般的耳朵……耳中积满了耳垢，双眼几乎终日粘着眼屎。浅子就是从诸如其类的表征里，看到这位处于少年时代的男子，具有一种新鲜的精力旺盛的厌恶——对于自己肉体所具有的厌恶之外所显现的那种渗出般的厌恶，以及被这种厌恶所纵容的徒然反抗的灵魂。

浅子出生的明治第一个十年，正是这类反抗得以结果、野心着手收获的时代。说起那个时代，所有种类的精力都具有效能。立身、赚钱、享乐、暗杀、选举、战争，所有方面都分配了相等的精力。明治二十年，东京电灯公司开始使用电灯，公布保安条例。浅子就在这一年，确立了所谓"伟大"。

新的秩序渐次巩固、诸多修正均被看作正确的那个时代，战争、暗杀、立身处世，所有的一切皆属正义。青年梦想世界，孩子梦想及早长成大人，能出席宴会深夜而返。的确，那时候，世上的某个地方尚有盛大的宴飨，连日连夜的宴飨无穷无尽，如不快快长大成人，就会继续焦虑。孩子们透过熄灯后的寝室窗口，屏着呼吸，眺望夜的彼方一派绚丽的城馆盛宴的灯火。

在浅子的记忆里，那时候的男人，皆为刚愎的放荡者，女人们皆为刚愎的贞女。如今的唐泽将军夫妇就是如此。将军好女色颇为出名，唐泽秀子的贞淑人人皆知。这是无痛苦的贞淑，大大方方的贞淑，古老家具般充满亲切手感的贞淑。虽然没有说出口，但在秀子眼里，丈夫的不忠无疑看起来类似一种儿戏。

浅子对明治大帝抱有眷恋之情，因为这位美髯的帝王爱好美色。每次行幸，总是透过凤辇缝隙物色美女。此种巷闻促使了女人的化妆和服饰的进步。

浅子还记得大帝治世最后浮华的明治三十八年，于横滨海面举行阅舰典礼的情景。夜晚来临，整艘军舰张灯结彩，焰火接连不断升上秋日的星空。这是浅子少女时代最后的秋天。站在宿舍的露台上，海港一望无际。宴会结束，回到宿舍的将军，久久不肯脱掉军服，每当焰火升起，总是按着既不像母亲那样肥白显眼、也不像女儿那样单薄寒酸的大鼓型腰带，走向露台。带着微醺的小个子将军的八字须，每逢凑过脸来时，总是触到姑娘的前额。浅子感到痒痒的，缩起脖子。火花飞扬。浅子看到，将军胸前众多勋章上的彩釉和镂金部分，映着焰火，五颜六色。

浅子从这番情景中所学到的，就是"伟大"的映像。多么伟大的时代！多么伟大的父母！女人不适于分析自己头脑中含蕴的一个概念。此种特质尤其有益于此种观念的培养。歇斯底里的女人，尽可以使她抱有嫉妒的观念。那种观念孵化后将立即繁殖数百万种。

"伟大"的观念，对于浅子来说，如今已经变成一切消失物的总称，既像是全家搬入狭庭小院之后无处容纳的庞大家具，又像是强使我们的生活多少带有迷惘微笑的只顾嚓嚓跑动的时钟。浅子已经成为沉沦于时间彼方的各种存在且心中暗暗怀有不满的代言人。

浅子的灵魂如此老衰，然而决不与谛念共鸣，仅仅与不满共鸣。大凡一个人伟大的程度，一般可由他所具有的不满的分量测量出来。浅子曾经从儿子那里听说过左翼工人运动，她的富有情感的礼赞帝政的政治思想，本该对这种运动抱有反抗的情绪，然而却意外地因自己特有的结论而信服。

"原来是这样，看来，那帮子人对今天的世界很不满呢。真伟大啊，那样的人肯定有出息，将来会做个大臣或经理什么的。"

浅子乘上汽车，立即坐到窗前。她喜欢学着孩子将脸孔压在玻璃上，眺望外面景色。有时候，这位老太太会谈些现代的感想，令家人一阵惊讶。

"瞧，那座建筑。你们猜，那座斜斜伸出的像发簪一样的大楼是干什么的？"

"那个吗，那是根据战时建设规制半道停工没有完成的一座楼房。"

那座建筑是某工科大学附属研究所。左侧有翼楼，右侧没有。右侧应该建翼楼的部分，分布着乳白色的水泥台座，一群孩子在凹凸不平的台面上玩耍。晴日小阳春的一天，五层楼的茶褐色建筑，沐浴着浅淡的云霭，峭然屹立，鸣奏着风景中某种悲怆的情绪。这一切都来自本该连接着翼楼的突露的灰色断面。这宽阔而高大的断面，宛若剥离的脸孔。建筑整体上流贯着凝重的交响乐的结构，而斜斜沐浴着阳光的突露的断面，犹如演奏的交响乐猝然被中断，持续着不祥的窒息般的沉默。而且，前面刺出来十余根弯曲的钢筋，同地面保持水平，犹如从沉默的苦涩中伸展着的众多的手臂（浅子称这东西为发簪）。

浅子此时所感觉到的是对死去的丈夫不满的联想，还是寄托于丈夫的挫折的联想？两者一时弄不分明。总之，浅子这么说：

"咳，那座大楼没有建成，它实在不服气啊，所以始终是一副不甘罢休的表情。我喜欢那样的表情。"

浅子偷偷瞧着兴造摊开在茶几上的印刷模糊的杂志，一眼瞥见封皮上画着一个裸露乳房的女人，不住反抗一个姿态放荡的中年男子对她的挑逗。兴造迅速合上杂志，其余什么也看不到了。

兴造吃着乌冬面，连汤都喝了。将大碗压在杂志上。他舔舔筷子，然后把筷子一边一根插入祖母耳旁的头发，使其看起来像母夜叉。

浅子不生气。她拔掉两根"角"，放在碗盖上，撮起别在头发上的小梳子整理一下头发。她那躯体之所以看起来肥白可爱，不怎么显得可厌，完全是因为有一头黑发。不知怎的，浅子的头发一点儿也没有变白。

浅子因为幸福，所以沉默不语。孙儿们之中，长孙像女人，没情趣，当她和这位次孙单独在一起时，总是感到心里很踏实。

"兴儿也有个坏爸爸呢。"

不一会儿，浅子说道。

"他不是您的亲生儿子吗？"

"我本不打算生那样的儿子。首先，良造年轻力壮时不玩女人。你妈妈并不伟大，她没有一副能够拴住一匹野马的本领。这么一来，良造便没有魄力了。他也不干事。此外，一味地神经过敏，在家里嘟嘟囔囔，到处都想插嘴。他成就不了大事。前些时一个星期天，我看到他在你妈妈的吩咐下，在厨房里搭碗架，真是没出息。过去，男人受的教育，是不能进厨房的。就说我吧，良造小时候一进厨房，我就给他屁股扎针。大凡想进厨房的男人，没有一个能成为大人物的。你瞧，你爸一个人事科长，顶多升到个营业部长就没戏了。不论活多久，都不可能成为公司董事。瞧见没有，你爸手下没有一个跟班的。到了那般年纪，没有一个随时为之豁出性命的年轻人，未免太没有面子啦！不行，不行，兴儿，你可不要这样啊。即便受到爸爸的呵斥，你也根本没必要听他的。"

不难想象，一个饱经沧桑的人嘴里流露出的富于权威的诽谤，在教育上会产生什么样的效果。

兴造两条腿还没热，这回他坐在茶几上，将袜子尖儿伸向火钵。在祖母跟前，再怎么随随便便，她都不会生气。他从来不缠着祖母要钱，因为他深知哥哥经常是这样的，他脾气偏强，偏不学哥哥。其实，还有一个更诡秘的因由。哥哥瞒着父母同女孩子来往，为此，哥哥必须向祖母要钱。还有，他知道，哥哥没有侵犯过自己的恋人（这才是头等最诡秘的因由）。这一点，尤其使他更加蔑视哥哥。

世间有着各色各样形态的结合，但这位老太太同孙儿之间的亲情，究竟属于哪种类型呢？兴造自己都难以估量，这种像油田火灾般燃烧旺盛的不满，多得让浅子认为很有价值。这使得兴造颇为满意。

兴造为了给自己的野心命名而煞费苦心。他想到财富，于是，幻想着将学校门前那家住着一位装模作样的小美人儿的点心铺内众多的鹿子饼、樱叶卷、蒸包、水羊羹和牛皮糖，连同那家姑娘一股脑儿全都买下来。他想到名声，甚至到了满怀自信想当唱片歌手的程度……然而，当歌手需要颇为麻烦的训练，一想到这些他就气馁了。

赋予这位少年充满精力的外表的，是他的懒惰。他那凸显的前额下始终翻卷着不逊的思考，但那既不是在构思乐曲，也不是在构思诗章。他仿佛轻视其他的一切，轻视锻炼、学习和钻研之类。有一次，他默默走出家门，说决定去爬富士山，使得家人大吃一惊。他来到车站售票处，看到五六个人在排队，立即觉得太麻烦，又折回家来了。

十七岁的兴造已非童贞。他有个"林肯"的诨号。这并非老实的别名。有个轮奸的小集团，因最年小的兴造而冠名。战后青少年对于性生活的无知，至今依然深刻而广泛，因而不得不加以注释。不过，这个轮奸小集团并非不良团体，而是科学的集合。五人中有三人是勤勉的医学学生，一人学习外科，一人专攻妇产科。剩下的一个是兴造，一个是同班的松永。两人都是新制高中一年级的学生，作为实验助手来应聘的。女人多半都是从舞厅、明星照相馆和年糕小豆汤店物色来的。预先由妇产科学生进行体检，对那些落选却又不想舍弃的人，免费注射特效药针剂。注射药通过一位以前熟悉的护士，从学校附属医院无偿携出。

兴造每月三次列席此种卫生集会。他甚至认为，女人的肉体不值得稍费举手之劳。不可认为少年灵活的想象力因这番情景而被麻痹，反而，尚早的厌恶和无刺激，将他赶入想象的快感之中。

原子弹就是他想象的样式。老实说，他想颠覆世界。他的日记每隔一页都按顺序标着草写字母，随手翻阅，就能看到"全都去死，化作宇宙尘埃"之类粗野的箴言。

兴造对于现实中多数行为之所以感到不满，是因为行为引来结果太迟，以及结果妥当得颇为无聊。商品交换，就是这类代表。即便校内所进行的教室黑市交易，在那种被禁物资金钱和别的被禁物资的交换中，兴造也从来不动一根指头。因反复而熟习的行为，对他来说最感头疼。

如前所述，他关于"财富"和"名声"的想象力是凡庸的，他自己对于现实的行为是无力的。这一意识无疑弱化了此种想象力。不知何处总有自己的作用，不知何处总存在着适合自己的行为。对此必须拱手以待，这就是兴造不满的全部。这些甚至不需学习，不需运动，也不需读书，只是同恶作剧连为一体。

兴造有一张他时常怀着憧憬观看的照片。那是新闻电影中偶尔出现的下水典礼的场面。身穿夜礼服的贵妇，含着高雅的微笑，在红白花儿缠绕的台座上就座。她应该从事的劳动只不过是用黄金剪刀剪断纤细的彩带，或者用黄金小锤叩击一下小小的按钮。其间，她必须始终带着微笑。然而，此种无需精神集中的单纯的行为，其实并没有停止微笑的任何理由。帷幔在海风里飘扬，缀满宝石的夜礼服，颤动着冷艳的料子。这种风恰到好处，典礼上不能没有风，亦不能没有受到一定限制的、以便适应那种微妙而繁琐的礼法的风速。那种风速的程度，应该能够掀起浆洗得十分平整的桌布，而又不至于吹倒桌面上细小的玻璃杯……贵妇的刘海调皮地戏弄着她的眼睫。她满脸微笑不止。那双掺掺女手，迸发出一点儿微弱的力量。锤子动了一下，蓦地力量扩大了数万倍。巨轮解缆了，船首的彩球破了，一群白鸽犹如白色的叹息，庄重地升上天空……

兴造梦想着那种经过万般准备，只需等待一滴力的添加，于盈溢的悲剧之上，以微笑轻轻叩击小锤似的行为。

"我呀，有件事儿托奶奶办理。"兴造说道。他离开火钵，盘腿而坐，用脏污的手不住抚弄鼻子和屁股，他往上翻着眼珠子看着祖母，窥视着祖母的反应。

浅子心想是否要钱，她悲哀地凝望着兴造。对于亡父留下的一点财产，唯有这个孩子不放在眼里，她以此作为他将来有出息的依据。正因为如此，浅子多少带着感伤的语调说道：

"要花钱，不必顾虑嘛。可你从来没有向我央求过一次，我一直对你这一点很是赞赏，以为这才像个男子汉。虽然财产不多，我死后将全部由你一人继承。"

浅子说出"我死后"这句话时，不由地流出眼泪。我死后……老太太往往习惯于拿这张王牌安慰自己。说这话时，头脑被幻想所驱使——仿佛自己已变成一个体重二十贯、理着齐耳的短发、满含优雅笑容的天使，死后保佑着全家人的幻想。浅子的血压动辄超过一百九十，对于浅子来说，脑溢血的发作，随时都被她描绘成悲怆的自我牺牲的发作。

兴造浮现着微笑时浅浅的笑靥，聆听着这番述怀。那反应正如他所想到的一样。于是，他感到一种滑稽的满足，他可以任意操纵这位同自己年龄相差半个世纪的老太太了。兴造没有全部听完，他大笑起来了。这位少年哄笑时，看样子那小小的身子全都在用力。

"啊呀，好可笑。终于露出小气鬼的本性来啦。既没有那样的打算，我也根本不想要什么钱。我呀，想借用一下过去的短刀。"

"不行啊，你要那个干什么？"

"历史教材上需要，老师叫我将家里的那把带去。"

"好为难啊，那可是嫁到三崎家来的陪嫁，怎么啦？唐泽家里有一把镌刻着蘘荷花、左右抱合的花纹短刀，啊，对啦，一定在阿姐手里。因为她是军属，以便随时用于自裁。之所以活着，是因为没有自裁的机会啊，太可怜啦。我去借借看，急着用吗？"

越快越好，兴造作了巧妙的回答。哥哥源造放学回家了，他是二十岁的大学生。这位面色白皙的秀才，不喝酒，不吸烟。他认为凭借礼仪规矩和表面上的尊敬便可以度世，正是这一点，父母皆被他所欺骗。他向祖母行礼，道了声"我回来了"，看到弟弟在那里，便说："不许你缠着奶奶要钱。"

恶童的正义受到刺激。他颇为不悦地伸伸舌头，说道：

"信子小姐，我爱你。我给你买个手提包吧。"

源造面色苍白，一转身，登上二楼的书斋。其后，浅子的一句话，真不知唤起兴造多少尊敬。她说："怎么，那孩子也有女人了？他不会随便和女人好起来的。"其实，在弟弟眼里看来信子是个无论如何都不能要的女大学生。她戴着眼镜，出席每周一次的讨论会。女人和思想一旦结合，是最叫人扫兴的事，就像用咖啡杯子盛生鱼片。哥哥隐瞒这段姻缘，不正是因为那女子长得太丑了吗？不正是想将迷恋如此貌丑的女人这件事隐瞒下去吗？……尤其是后一条推测，很使兴造气恼。自己所爱依然要靠他人的观察作出判断，到头来此种爱不外乎是受他人判断所左右的低俗的爱，难道哥哥不应该把这种丑陋隐瞒下去吗？兴造绝不相信会有一种无法隐瞒的丑陋，这一点和哥哥一样。这位少年依然以少年的作风，不承认作为自己诨号来源的行为之丑陋，只想借着耻而隐瞒下去。

三

第二天，浅子邀请槙子看戏，她拎着手袋[1]走进东京剧场。浅子不怕走路，看看时间尚早，从有乐町站下车，步行到筑地。天气和暖，午后三时的道路，行人比平日里多得多。

她对男人们不留胡子感到愤怒。亡夫鼻下蓄的仁丹胡，虽然使浅子对丈夫的审美眼光泛起怀疑，但也聊胜于无。走在银座周围一带的男人，不管老少一概不留胡子。偶尔见到蓄须的男子，蓄的亦即所谓的"科尔曼"胡须[2]，穿一身疯子似的水绿外套。浅子认为，那是女子衬裙的颜色。

"年轻人不留胡子，那也就罢了。"老太太退一步说，"近几年来的年轻女子，也都喜欢没有胡子的人。人到四十长一脸大胡子，有什么可难为情的？鼻子下边一无所有的男人，在我看来，简直就是去

---

1 原文作"信玄袋"，女子穿和服时手里拿的平底小布袋，开口缩以细绳。
2 英国电影演员罗纳德·科尔曼（Ronald Colman）嘴上的短须。

伟大的姊妹

势的牛。"

好久没有逛大街了。浅子对于异样的流行支配男人的风潮深感惊讶。男人们仿佛都染上了一种恶疾。有个男人用往日只用于护膝的枣红底蓝格子的毛毯，做了一件短大衣穿在身上。下边透过车夫穿的廉价的细腿布裤（比起以前的蓝色更浅淡，浅子觉得一定是父亲过去的衣服），可以窥见里侧的暖裤，活像个"探戈迷"。

一位青年的围巾是原色的鹅黄，一位青年的帽子是绿色。一位女子将赤狐的毛领围在玄色外套领口，下身穿着布裤。转到前边一看，一位皮肤黧黑的中年男子，生着一副下士官的胡子，架着眼镜。这种难得一见的胡子，终究成不了大器。

抵达"东剧"，同先到的槙子入座之后，浅子首先攀谈起来。槙子只是顺从地应答。"是啊，确实是这样。啊呀，真可厌。哦，是吗？咳……可不嘛。"纵然对妹妹，槙子也同样遵守应邀做客的礼仪。

狂言剧[1]一番目为《近江源氏先阵馆》[2]的《盛纲阵屋》一场，中幕为《茨木》[3]；二番目为《新版歌祭文》的《野崎村》一场，最后加演一出争艳武打剧。

两声梆子响过，浅子停止说话。槙子观剧时，几乎没有放松姿势。心情不定的浅子不住晃动着身子，为了平静一下内心，掏出两个橘子，

---

1 古典艺能之一，起源于猿乐，以滑稽的对白见长。
2 原为九段净琉璃，内容根据镰仓时代近江源氏之战以及江户早期大阪之役改编，初演于1769年，翌年搬演为歌舞伎，当中以第八段《盛纲阵屋》最著名。
3 歌舞伎舞蹈，长歌。

一个交到阿姐硕大的手心里。每次移动身子，椅子就发出嘎吱嘎吱的响声，为此，听到邻座甚至咂舌头。浅子载着特大手袋的浑圆的膝盖，不管放什么东西，都会滑落下来，所以橘子也掉下来了，正想拾起，说明书又掉了。她伸手到地板上很费气力，好不容易用圆嘟嘟的指头夹起说明书，手袋又滑落下去，摔破了鸡蛋壳。槙子应浅子之约前来看戏，从未吃过满意的煮鸡蛋。

演出到了微妙的令人愁叹的"三恶道"[1]这一章，姊妹俩感同身受地痛哭流涕。浅子总是不知将手帕放在哪里了，等眼泪流出来，这才慌忙搜寻两只衣袖。预先有准备的姐姐总是借给她一块。槙子呢，总是将叠得很板正的手帕捂在鼻端，眼睛一刻不离开舞台，只是翕动着两侧鼻翼哭泣，而且不时把手帕当作吸水纸压在眼睛下边。

受她们赞扬的《盛纲阵屋》中的主人公不留胡子，这倒是奇妙的矛盾。不过，扮演茨木和野崎的年轻演员，使得姊妹俩非常失望。戏中的登场人物无一具有明治时代名角苦心保留下来的"伟大的面孔"。

歌舞伎演员的脸孔尤其必须伟大。浮世绘大首绘[2]中的演员脸谱，悉数画得奇伟而硕大。此类伟大之中，有一种不均衡和过剩。那种包含扩大的感情和夸张的悲哀的轮廓，为保持均匀整齐而向悲哀和欢喜的内容挑战。这种作为美的传达力而被重视的伟大，是歌舞伎所思考的美的必然的形式。因此，美和伟大结婚是世界的必然。美是一个牺

1　佛语，人作恶死后堕入三道，即地狱、恶鬼和畜生。

2　江户时代风俗版画的一个流派，将人物上半身和脸部夸大描绘，借以突出个性。

牲的观念，伟大是一个宗教的观念，故而其婚姻方可成立。大首绘中锦绘[1]的脸孔，述说着被伟大所侵蚀的美所显露的病患。

最后轮到加演的节目了。仲之町的夜樱的舞台上，因为没有附设花道，名古屋山三[2]由上首、不破伴作由花道分别上场。两人头戴编笠，名古屋站在舞台一端，不破站在花道七三分割之处，各有固定的联语台词[3]。这一对涂抹着刚毅的砥粉[4]和优美的白粉的美男子的脸，在走上正面舞台同时摘去编笠的这刻，才一并第一次在观众面前大亮相。在这一瞬间里，同观众席的呼叫相反，这对年老的姐妹，发出一声悲怆的失望的叹息。

"不行，不行！面孔不如毽子板[5]大。"

"两人都是新潮型圆脸，一对儿番茄和棒球的面孔。演员得有又长又大的脸盘子才行啊！"

"谁说不是，即使长生不老，又有什么用处？如今的世道，能演这类狂言剧的演员哪里去找？唉，都是小粒种子。舞台上的大腕儿全都死光喽！"

"照这么看，前代幸四郎和宗十郎的武打戏还是不错的啊。"

"阿姐没看过吗？中车和雁治郎演过武打戏啊。今天的武打演砸

1　多种彩印的版画。

2　名古屋山三郎（？—1603），传说中的人物，同出云阿国并称歌舞伎始祖。此出剧中他与不破伴左卫门争夺花魁葛城而动武。

3　原文作"渡台词"。一首台词数人分担，按顺序每人一句，最后一句全员共同说出。

4　用砥石粉末或黄土烧制的泥粉作底色，涂饰面部。

5　原文作"羽子板"，打羽毛毽子用的长方形彩绘木板。

啦！"

"可惜呀，没看过。哎，要是看过该多好。丈夫在广岛做联队长那个时代，我不在东京。否则，我一定会看的。"

"早知道当时向广岛发个电报，请你来看戏也是值得的。"

"真可惜。"

"好遗憾呀，阿姐。"

"真可惜呀，阿浅。"

"这戏演砸啦，如今还浮现在眼前。"

"我很不幸，一点眼福都没有。"

谈话声越来越大，说着说着，竟然不择场合地夹杂着呜咽声。邻座的绅士有些受不了，好几次犯着犹豫，琢磨着要不要提出抗议，同时又绷起神经，表情严肃地频频转头望着她们两个。正巧这时梆子声又响了，留女[1]从花道上跑来，绅士的注意力转向了那里。姊妹俩低头抽泣不止，对于留女婀娜的舞姿一点儿也没有注意。

闭幕之后，两人走进银座横街的赤豆汤团店，吃了栗子糕还嫌不饱，又要了第三碗赤豆汤团。女侍禁不住笑了，浅子看在眼里，生起气来，厉声问道：

"有什么好笑的？不懂规矩！"

那女侍脸色大变，转身逃了，邻座的顾客被热赤豆汤团噎住了喉咙。"女人也都变味儿了。"槙子带着一副安慰妹妹的表情。

"这个不提了，阿姐。对了，姐姐出嫁时的短刀还有吗？"

1　旅馆拉客的妓女。

"有啊，已经没有什么用处了。"

浅子谈起兴造的事。槙子爽快地答应了。当晚，槙子劝浅子住到自己家里来。浅子给家中打电话说今夜暂不回去，并叫出兴造对他说：

"昨天提起的短刀，明日借了回家带给你，只管放心。"

汤团店平和的顾客们，一律埋头于碗内幽暗而甜美的赤豆的热气里，这时都抬起灵巧的鼻子，一齐朝打电话的浅子那里张望。天真无邪的巨躯似乎颇叫人安心。客人们再次忘掉刚才那些险难语言的闪烁，开始埋头于工作、恋爱、生活困苦以及不景气等氤氲飘荡的话题之中。

"让你久等了，阿姐。"

算过账的浅子回到座席。

"谢谢款待。"

姐姐深深行礼。她正要站起身来，眼望着浅子肥厚的双重下巴颏，以沉着的动作，从袖口抽出浸满泪水的手帕，默默为妹妹揩拭着下巴。

"唉呀，干什么呀，阿姐？"

"粘上汤汁了。你打电话时，人家都在望着你呢，或许就因为这个吧。"

槙子根本没有想象到，"短刀"这个经常挂在嘴头上的词儿，会使人们吓一跳。她不属于那类人。

四

兴造走读的私立新制高级中学位于目白[1]，战前是以教授德语、法语为特色的中学。

这是一所端然屹立于广阔地面正中、免于战火而幸存的酷似建筑模型的三层楼房。周围木造建筑的废墟，经一番恢复整理，改为运动场和网球场。平坦的高台上拔地而起的粉白的三层楼房，尤其在上课或放学后看不到一个人影的时候，映衬着运动场上落下的几何学的投影，呈现出半身沾满尘埃的建筑模型的样貌。

兴造的班级已经放学了。课桌沐浴着夕阳冷寂地排列着。课桌内精巧的刀刻花纹中跃动着的一种种猥亵的个性，同那没有个性的光滑的课桌表面，保持着意味深长的对照。兴造脖子上随便缠着父亲留下的古旧的灰色围巾。这个龌龊的少年，完全没有潇洒之气。他喜欢胡乱地将课桌的盖子逐一打开又合上，每次都从教室一端班长的座位开始干起。由于兴造留级，去年还是低班学生的少年当上尊大的班长，他的课桌遭到兴造的敌视，因原本去年还可以砸，不巧如今不能再砸了。兴造将课桌盖子高高拉起，上面刻着令人气恼的英语诗歌。兴造朝上面吐了口唾沫，用力合上盖子，声音响亮地撞击在空荡荡的教室天花板上。接着，他又打开前面的课桌，然后再合上。再打开，再合上，一个接一个……坐在讲台教师座位上思考问题的本班同学松永，对他这般无限制的反反复复的行为实在看不下去，高声喊道：

---

1 东京都丰岛区地名。

"该罢休了，林肯！"

松永就是那个进行卫生检查时的搭档。他为人潇洒，家境比三崎家贫穷，但穿戴考究，一身制服，留着长发。自从懂得如何勾引女人之后，总是将指甲剪短，打磨光亮。面部粉刺比兴造稍多，嘴角糜烂，自称是梅毒初期症状而高视阔步。

"别再装模作样了，快把拿来的东西给我看。"

兴造态度冷淡，没有回答，慢慢回到自己的座位，从书包里抽出短刀。他将短刀稍稍拔出刀鞘时，夕阳照射着刀身，像燃烧的火焰。他亲切地舔舐一下刀刃，舌尖一旦敏感地触及薄刃，就会泛起一阵喜悦。

"不要干危险的事啊，快借给我吧。"

松永啪哒啪哒走下讲台，来到兴造身旁，一看到这把镌刻着家徽纹路的短刀，眼睛猝然发亮了。这是一把套着朱红刀鞘的优雅的凶器，是最适合于刺入烈女白皙乳房的凶器。

对于那些远离少年期某些很难说明白的洁癖信条的人士，应该立即加以注释。他们之所以会对凶器感到这样一种新鲜的魅力，只是因为平时不常携带凶器，仅仅凭借怀中没有匕首这种自欺欺人的特征，以示自身同不良分子相区别。一旦需要凶器时，两人都十分困惑。松永是官吏的儿子，家中只有尖刃菜刀、水果刀和铅笔刀，虽说不怕进入刀具店，但他不愿意为此花钱，因而缠着兴造借。

松永迷上了门前点心铺的女儿，屡次邀她看电影和外出散步，握住她的手。犹如嗅到香饵的老鼠一般灵敏的兴造，也嗅到了这种情况。松永对此感到十分懊恼！

那种卫生性的集会，不仅具有个人的科学性会则，而且也像任何团体一样，具有集体的道德性会则。会员在侵犯相熟女人之前，有提供会员共享的义务，违反者将被除名。松永想要保住"年龄不相应会员"这一名誉，同时对自己吸引女人的本领缺乏自信，为了便于获取实利，对这样的集会恋恋不舍。但后来随着爱上点心铺的姑娘，他一时迷惘于爱情和会则冷酷的处女权之间，犹豫不定。被兴造嗅到气味之后，他害怕被告发，提出要同兴造订立妥协密约。松永鉴于同窗友谊，恳求兴造与他共享；作为交换条件，兴造对其他会员严守秘密。

林肯的拒绝颇为冷彻。这位不逊的少年，不允许朋友做出那种将女人当人看待的懦弱者的背叛。既然借助集会的名义获得这一诨号，即便单为保住这种诨号他也不会答应。不过，松永为他起的这个诨号，除他们两人之外，没有任何人知道其来由。同学们尊重惯例，天真地管他叫"林肯"。

对任何事情都善于找到奇妙的解决办法的兴造，于此种交谈之间，突然浮现出浮雕般的深深笑靥，说道：

"这样的话，可以。我给你保密。不过，得让我强暴她一次。我想干一次看看，哎，行吗？让我干一次吧。"

"让你干吧，想强暴她还不是随你的便？"

"那不行，必须有你得力的帮助。只要答应我一次，她的事我不再向任何人提起。"

兴造的提议将松永置于吃亏的立场。虽然兴造答应他在提供给自己之前再行商量，但以后他再参与兴造这种游乐时，就会背上"没有志气的骑士"的恶名。

程序是这样的：兴造隐伏不动，松永带领毫不知情的点心铺姑娘经过现场。兴造露面，松永用怀内的短刀袭击他。两人争夺短刀。短刀被兴造夺走。兴造利用凶器赶走松永，朝向姑娘。姑娘顺从地被强暴。松永在那之前逃离。为了不使姑娘逃走，凶器的争夺需进行一会儿，还必须选定一个不怕姑娘大声呼叫的地点。兴造从一开始之所以没带凶器，是考虑到松永手里的凶器一旦被夺，就会惊慌失措起来，这样就更有理由逃走了。

松永怀着一半好奇心和一半虚荣心同意了这个构想。要是被女人说成软弱，那比什么都丢脸，他使出浑身的力量，随口说道：

"这样做可以。那小妞儿一旦被破处，男人的厉害就会渗透她的骨髓。林肯脑子真灵！"

两人热衷于这一计划，所以今天兴造携着短刀来校。

场所的选定要慎重。考虑到她会大声呼救，虽说必须是人烟稀少的户外，但冬日的户外过于萧索。两人挑来挑去，犹豫好半天，最终不得已依然选定学校所在的广大空地一角的森林。冬日黄昏，可以说绝没有人去那里散步。

"要是在外边，最好等到夏天。"对于松永的哀告，兴造毫不留情地顶了回去。

今天本来可以不需要短刀，但松永之所以假装很想早些看到，是出于他的虚张声势。

"今晚可以吗？"

兴造将刀刃的一面贴在松永的脸颊上问。

"今晚不行啊。"松永睁大眼睛，悄悄挡回兴造的腕子。

浅子从槙子手里借了短刀交给兴造之后，几天过去了，一个星期过去了，兴造一直闷声不响。对于这种沉默，松永感到有些害怕。"请再等两三天。"他怯生生地说了句多余的话。

上学的日子，使人敏感地嗅到早春的征候。春天是个发低烧的季节。这种产生于凛冽的严冬中的些微的倦怠，倒不会使人想到季节的复苏，反而于此种毫无症状的轻度的热症之中，感觉到季节正在逐渐受到传染。

兴造依旧不肯用功，但也不干什么坏事。上课时，他一心将橡皮擦切成细丝，原来他在灵巧地制作橡皮工艺。语法课尤使兴造感到无聊。老师问他为什么不喜欢边译边读，他回答：

"一旦译成日语就弄不明白了。"他的话惹怒了老师。

兴造每天抓住松永，催问他还未着手吗，他不怀好意地等待着。自己尚未插手期间，松永没有提供的义务，因而，这种催促起到了严厉嘲讽松永那种感伤的迁延工作的效果。兴造一方面明里暗里挫伤着他的虚荣心，一方面又等待着这头受伤的牛奔驰而出。当得知可爱的孙儿在玩一场成年人游戏时，可以想象浅子将会感到多么惊讶。

松永每当被问起"还未着手"的时候，都会望着朋友的笑靥，感到眼前一片黯淡。没有超过嘲笑以上的晴朗的标志。松永自尊心的疼痛，某一天一旦变为无法忍受的剧痛，他的憎恨就不再朝向朋友，而是朝向自己所爱的那位少女了。松永提出要在今天晚上实施，他感到他第一次面对面看到了兴造的脸，第一次和兴造以同等身材互相握手了。奇怪的是，在女人这方面，两位少年本没有什么大的差别，只是兴造具有精力的外观的顽强的怠惰，使得对方抱有一种压抑感。

成长是一条多么迂曲的道路啊！两位少年为了尽早长大成人，考虑到一种捷径：在成人男子毫无抵抗之感的事件里倾注全部抵抗的精力。然而，这种方法和老人欲求返老还童时所运用的方法一致。不同的是，少年凭纯洁，老人凭狡黠。

学校的森林自网球场尽头开始。围绕台地的周围，几乎占据着学校所在地的半周。空袭的烈火、开垦采伐，未能使森林灭绝。夏季期间，树木苍郁，枝叶间漏泄的日光斑斑点点，到了冬天，透过枝条交错的网眼，随处都能窥探到美丽的青空。但是，为了隐身，还是自秋令至早春落叶杂陈的季节最相宜，在色彩迷离难辨这一点上更胜一筹。

森林的巨树群中，有几棵号称"巨人之树"的古老的橡树，按约定，兴造躲在老橡树荫里等待时机。周围半径三尺的地面，覆盖着青碧的杉苔，冬天亦适于仰卧其间。此外，三面为竹丛包围，就连近旁迂回而过的步行小径，也不乏隐身之所。他如约到达那里，坐在苔藓上，随即听到远方陆桥上下纵横来往的汽车的喇叭的鸣叫。薄暮里都市的音响，像雾一般沉滞而凝重。

兴造总带着一副没有任何表情的面孔。仿佛受到什么威胁，心跳快速而没有规律。他脱掉手套又戴上，接着又将手套戴到一半，停下手来，用手指剩下的部分，像短幔一样扇动着，不住拍打面颊。他想着，自己那张布满裂口的红润润的面颊，看起来是否像个小孩子呢？他想缓解一下此番劳苦，但身边没有镜子。

等了二十分钟，还没有出现。松永和姑娘打屋后的墙壁破洞中进来，理应沿着步行道路向这边走。人行道位于巨人之树前方三十米左右，有条岔道通向后门。岔道的远方，步行小径穿过一块茂盛的苜蓿地。那里本来是饲育绵羊的试验牧场。从人行道上望过去，视野被竹丛遮挡，透过墙缝望去，但见枯草离离的平坦的野地，宛如覆盖着水藻的湖沼。

兴造深感计划有偏差。他沿着薄暮冥冥的迂回小径走向那块草地，运动鞋没有发出一点儿响声。他想起幼小时满面发热的冒险欲。对于这位少年来说，肉欲依然只是投向外界的简单的媒介。即使在那些作为诨号由来的行动之间，这也是在他本人头脑里挥之不去的疑问。

黄昏时分传来鸟儿迅疾飞翔的振翅声。兴造伏下身子。终于听到一阵响动，声音所在之处，浮现出一张不太鲜明的面孔。那是松永。松永面前的草丛中，点心铺的姑娘用外套的前裾裹着膝盖，斜坐在那里。样子看起来很坦然，其实并非如此。她那环顾四周的目光，弥漫着无限的悲戚色彩。兴造发现，当那目光转向这边时，充盈着青蓝的莹润的反射。女人的喉头水一般闪闪放光，那是什么东西呢？仔细一看，原来是松永用那把短刀抵在她的咽喉上了。一不做二不休，兴造看到了他那导致自我毁灭的行为中难以拯救的各种各样的滑稽相。

与此同时，兴造从松永身上感受到一种难以表达的友爱之情。因为从女人的表情上看，似乎尚未答应松永。看来，松永出于虚荣，才对兴造撒谎，来到现场后，出于更大的虚荣心，又非得对女子施以强暴。他也很难说是老老实实服从肉欲而行动。要有凶器。强奸——必须有赖于这种孩子气的粗恶的趣味。

松永以越发滑稽的夸张的动作将凶器置于身旁，时时落入兴造的眼前。女人低着头，将白嫩的下巴颏埋在胸间。松永的手触到她的肩膀，她依旧寂然不动。丢开凶器，证明女人已经应诺。

松永脱掉外套，铺在微微光亮的枯草上。他的头颅随处窜动，犹如忙乱的狗。夕霭笼罩下来，树林之间远方市镇的灯火，闪现着莹润之色。不久，眼前的草丛中传来亲昵而和谐的叹息。

兴造从那类聚会中见惯了这番情景。面对此种场面而绝少感动者，可看作侠士。松永的姿态即使在一百支光的电灯下也曾见过。尽管如此，眼前的情景依然属于别类。虽然不便称为轻率的爱情，但其间他和松永虽说没有遇到殊死的反抗，但却是更加凡庸地融合。兴造觉得松永长成大人了，感到他超过了自己。悔恨以及溢满全身的难以名状的欢欣，使得这位恶童泪流滚滚。他对于石子儿抵着胳膊的疼痛以及霜土弄脏的外套一概麻木不觉，只顾泪眼盈盈地守望着那片渐渐模糊的竹丛。

两人的身子离开了，接着又紧紧地抱合。兴造闭上眼，传来了他们俩整装时枯草的响声。似乎起风了。想到这里，抬头一看，不知何时，一位身材颀长的男子，已经站在他们两个面前了。眼镜闪耀着白光，他是学监麻生教授。

"是松永君吧？在学校里不允许干这种事。眼下一时难以说清楚，你还是先把那位小姐送回家，明天再慢慢说明。好了，好了，放心吧。这种没出息的事儿别再提了。"

学监明白松永于慌乱之中急着想表白一番，看到女子痛哭流涕，他便失去了立场。"好了，回去吧。"麻生重复说。两人拨开竹丛，满面含着地默默走了出来，眼看就要疾风般飞驰而去。但他们还是打兴造身旁穿过，毫不在意地沿着人行道向后门走去。

麻生是英语教师。他有着奇异的及时驾临现场的天分，或许因为这一点，才被选拔为学生监察员。一副薄薄的嘴唇，随时都会漂流出"正式"的发音和冷冷的猥亵。

他首先选择夜晚出场，这尤其惹怒兴造。卑劣、下流，只考虑自我满足而精心策划的晚间出动。他肯定打一开始就在那里窥视着了……为了对付这种卑劣的夜间出动，有个最好的办法，兴造最好不要同时出场。兴造没有勇气放弃眼看到手的好时机，他为此而感到羞愧。兴造站起身来的姿式，成为十分愚蠢的一举。

"哎呀，你也在这里？你不是三崎君吗？"

倒背着手，似乎低头在枯草里寻找什么的麻生，发现旁边出现兴造的身影，一点也不惊慌失措。他又问道：

"你也帮我找找看。找到了刀鞘，是他们丢的。里头那闹乱子的东西不知扔到哪里去了。"

他用手抚弄着朱红的刀鞘。上面散落的螺钿菊花，闪耀着萤绿的光芒。

"在那儿。"

"嗬，你的眼睛真好。"

教师从草丛间拾起刀身，掏出手帕用巧妙的动作仔细揩拭一遍。一手拿着，沿着长长的石阶走回位于另一座大楼的值班室。兴造默默跟在后头，麻生多少有些忸怩，他说：

"你也看到了，我也看到了。我们是同谋者。对吗？"他对优等生所表现出来的作为教师那种政策性近乎诏媚的卑劣的殷勤，虽然最终都没有用来面对兴造，但他却极力做出充满那种殷勤的微笑，"对吧，我们不是都看到了吗？那就不了了之吧。"

两人渐渐走进石阶一旁路灯浑圆的光芒之中。此时，这位教师之所以未能注意到兴造满含愠怒的脸色，是因为他有个向来不仔细观察学生面色的习惯。

"老师，那刀，是我的，还给我吧。"兴造说。

"这个吗？"

麻生不解而又若无其事地将朱红刀鞘交到他手里。

兴造将这时的行为看作是最称心如意的举动，究竟基于何种理由呢？这几乎不需要行为的能量。纵然睡着了，他也能做到。

兴造随即拔出刀身，走到路灯下检验。教师凑过脸去，很想看看上面的铭文。少年迅速扬起刀，刀刃划破了这位教师脸颊上毫无弹力的皮肤。

五

为了不使这一事件被刊登在报纸上，三崎良造的这一番努力，不仅出于神圣父爱之使然。所幸，这个小案件只停留于二流报纸的小范围喧闹。

对于儿子引人注目的活跃，浅子抱着冷眼旁观的态度。兴造仅凭流露出的一句说明，便使她完全信服。会话是这样的：

"兴儿，为何干出那种事儿呢？"

"为了朋友的名誉。"

"好了，我懂了。"

浅子找来槙子，两人经过商量，决定瞒着良造一起去学校请愿。"好主意，阿浅。"槙子说。

两人穿着印有家徽的和服，到目白车站会合。浅子走出家门时，说是要去参加老朋友的谣曲清唱演出，不过，终日苦于偏头痛的胜子，哪里会有闲暇过问婆婆的出行地点呢？

"哎呀，阿姐，您来得正好。"

"用不着客气，一切都只能指望阿浅你了。不说这些了，腰带的衬底总也勒不合适，紧了不舒服，太松了容易掉下来。"

"我给您勒勒看。"

浅子插入手指试试，那衬底是太松了。

"太松了，我给您系紧些。"

浅子膂力之大不亚于槙子。槙子发出一声呼叫，面色苍白。

"怎么啦？哎呀，阿姐，您的脸色很难看。"

槙子感到肥大的心脏一阵疼痛。心脏的紧缩不是因为勒紧了腰身，而是一种目不可视的被捆绑的感觉。

浅子对姐姐的身体大致有个估计，坐在车站椅子休息两三分钟后，她的面颊恢复了生气。槙子失去血色的脸孔，简直就像长满绿毛的供饼。浅子想到自己的死相，感到一阵惶悚。

风大了，是那种早春时节使人茫然无所见的风。"啊，真冷！啊，风真大，真受不了！"浅子一边随时插话，一边于路上向槙子诉说事件的经过。事件一如她所想象地改换了形态。浅子和槙子此次的作用，必须是伟大的作用。

一走进校门，恶言恶语的学生打她们身旁穿过，听到学生们大喊："啊，登台啦！"她们行走的方向逆着风，避开裹挟在学生之中的滚滚风尘，背过脸走路。一个学生撞到浅子，同班同学中腾起一片欢笑和喝彩。校园的银杏树离催芽尚早，流丽的枯枝在风里缓缓晃动。人们取笑自己是单凭外观，还是嘲笑这种外观和内部的高贵不怎么协调呢？姊妹俩一边走一边各自思索着。这是相信自己的心情同他人暗自相通的人共有的乐天的不安。

校长室的门扉因尘埃堆积而发出吱吱嘎嘎的响声。校长不在。长着一副寒碜的地包天嘴唇的副校长出现在校长室。未曾寒暄之前，他用手指抹了一下桌面的玻璃，看到手指沾满尘土，立即皱起了眉头。除面对前来捐款的客人之外，他决心不露一丝笑容，纵使数十年来一直绷着脸，他也毫不感到厌倦。

浅子和槙子竞相将椅子挪近桌边。她们瞄了副校长一眼，认为要粉碎这个男人的卑微并非一件易事。刹那间，浅子梦想着，自己的使命就是面对这个世界的一切卑微。

"我们前来拜访是为了孙儿的事。"浅子首先开口说道，"希望能够给以宽大处理。阿姐也一道儿向您请求了。拜托，拜托。"

浅子的敬礼之中蕴含着过于尊大的厚重之心，副校长只能凭借冰一般的卑屈保护自己，因为对于傲慢的人们，再没有比这个更为有效的灵丹妙药了。成功者一旦想起昔日的武器，他就会变成无敌的存在。"是的，知道了。"除此之外，他决心不作出任何回答。

浅子终于等得不耐烦了，问道：

"为何不给予实质性的回答呢？我们确实认为孙儿的行为是正大光明的。若不刺伤自己所不满意的老师，就不可能成为一个伟人。"

此时，在浅子心里经过发酵，再从嘴里吐露出来的思想，正是他们姊妹走过的历史道路，是同担负着各个时代所赋予命运的学生们话中的含义相一致的。可厌的副校长用严肃的语调闪烁其词地透露出桃色集团的事来，但这并不使姊妹俩感到惊讶。不把女人当人看待的男子，才是她们心中男性的典型。

"那老太太的确信无疑，实在令人吃惊啊！"她俩离开之后，副校长向假装不在的校长汇报时说道。

"真是个缺乏道德观念的人啊！"正巧，与此同时，这对姊妹正要跨出校门，想起那位副校长没有留胡子，不禁哈哈大笑起来。

过了一天，浅子反省自己的行动是否有些太轻率了。这回力求自己顺应尘世俗恶，热心于"贿赂"和美人计这样的观念。当她感到这类俗恶的想法像薄荷一般在昨日的胸中作梗时，信念坚定的女子又慌忙折身回头。等待学校处分的兴造回家后无所事事，浅子从孙儿那里得知，他的母校急需众多的捐款。

春雪霏霏的早晨，浅子换上礼服正要出门，她的做派给大家一种异样的感觉。胜子带着慰问金拜访学监的家，遭到这位清廉纯洁的英雄拒绝以后，因受屈辱，身子莫名奇妙地发起烧来，卧床不起。被父亲勒令禁止外出的兴造，成日躺在床上阅读黄色杂志。他沉醉于纵火的梦想中。这位少年因自己所做的行为而使自己留在空白之中，他为此非常焦急。那把短刀一旦出鞘，行为就确确实实变为自己所有。然而，行为又忽然脱离他的手心，置他于濠沟而飞翔远去。倘若真有罪孽这东西，那只不过是罪的行为远翔之后留下的洁白的空白。罪孽是最清净的观念……退学还是留级，学校当局似乎在为处分的方式而争论不休。兴造对自己宣誓，他这回要选择在自家或麻布[1]居宅纵火。他试着用火柴点燃床单的一端，小小烧焦的痕迹，立即将他拖回莫名的恐怖之中。兴造因自己不能再恶作剧而战栗。他似乎窥视到不透明的忧郁的事务性的一生，正像窥视走廊无尽的纵深度。"我今后将和自己一生的行为无缘。"他被一种无故的预感所震动。

他把祖母看作是自己黯淡灵魂的一张写真照片，而眩惑于户外光线的少年期的瞳孔，只想看到自己内部的幽暗。兴造只需极为容易的行为的力量，就能将祖母从那座养老的小屋牵拉出来。他记住了，当他用光明正大的语调回答"为了朋友的名誉"的时候，祖母的眼睛是何等猝然闪亮的啊！他心里很清楚，尽管还不知道祖母将会使出何种手段，但这回确实在为他免除牢狱之灾而操碎了心。父母和哥哥对那硕人顾顾的体态的动静一概无知，只顾忙于自己的事情，这便是明证。兴造只要倾听祖母沿着廊下或檐边急急走动的跫音，就能大致弄明白

1　东京都港区地名。

她的心思。

哥哥走进房内，用奇妙的亲切的语气说道：

"奶奶又换上礼服外出了，她究竟去哪儿啊？"

"啊，我也不知道呀。"兴造仰面躺在床上，架起一条腿来，一边逐一抠着脚趾头，一边回答。他的手依旧脏兮兮的。

"你没有托她干什么吧？"

"那般心性浮躁的老婆子，能指望她干什么呢？"

哥哥转变话题，劝他时常看看电影什么的。平素的哥哥可不是如此亲密。或许他心中有鬼，像对女孩儿所做的那样，散布温情吧？兴造每次看到哥哥白皙的皮肤和酱黄的牙齿，就忍受不住他那自鸣得意的精神恋爱，并感到不洁。

"你没有把捐款的事对奶奶说吗？"

"说了。"林肯立即作出老实的回答。哥哥再次转变话题，告诉他，只看黄色杂志容易变成性无能。哥哥这个愚蠢的建议，本是想选择弟弟爱听的话题，这是不明智的精神的媚态。

"胡说，给我滚到一边去！"弟弟大吼。老实的哥哥将抽了一半的香烟默默地抽完了，在烟灰缸里认真地揉搓一番，下楼而去。兴造对着哥哥碾碎的畸形的烟头，使劲儿啐了口唾沫，独自一人一边骂骂咧咧，一边疲惫地将脑袋搁在枕头上。

到楼下会见校长的良造回来了，冲着浅子大发牢骚。良造说，由于浅子半道儿插手，他的一番努力化作泡影。浅子撇着嘴默不作声听他诉说，那种巨大的面孔一旦沉默不语，就可以看到连光亮的腮肉也渐渐沉淀着不悦。不过，浅子一边望着儿子小心翼翼的亢奋情绪，一边对自己那种作为母亲热情协助儿子的冷彻的精力抱着自我欣赏的态度。源造在父亲耳边小声嘀咕着什么，祖母看到他那女里女气的举止，轻蔑地说：

"呀，讨厌！动不动就咬耳朵，看来这一手很熟练啊。"

浅子回到养老室，看到良造盘腿坐在被炉边，正在查看她为外出准备的银行存折。

"你想打什么主意？这可是我的财产。"

"嗬，还剩二十万，为了兴造，打算把这些都捐给学校吗？"

浅子也不多加辩白，大声地说：

"说得是，管它明察还是暗访，总之像间谍秘密向你告发一样。为了救兴儿，我打算将二十万全部捐出。你呀，作为他父亲，却毫无所为。"

"妈妈也像个孩子，真叫人没办法。您为兴造如此着想，这是令人高兴的事，我也很高兴。不过妈妈，二十万有点过分了。"

"我的财产，不受干涉。"

"捐得太多了。这是父亲去世后扣除母亲抚养费后剩下来的，二十万还不到一半。我本想让母亲也去赚一点钱来着。"

浅子的眼睛蓄满泪水，她祈祷自己的身子立即出现脑溢血。然而，脑溢血偏偏不在最适当的时候发生。她默默将存折交到儿子手里。良造心想，要不是在这个时候，自己也没有机会抑制母亲的浪费。他极力不看她那坠在下眼睑边的豆大的泪珠，随即接过存折说道："先放在我这里吧。"

浅子有些不大情愿，她用可爱的声音问道：

魔
群
的
通
过

"经常给阿姐一点儿零花钱都不行吗？"

"一年里可以给她一两次。不过，妈妈对她有些太娇惯了。"

娘俩互相瞧着对方的脸，不识时务的源造一味扳弄指节发出嘎嘎声响。不一会儿，他带着轻蔑的目光一直凝视着肥满的祖母，想起昨日的女子夸奖他"好漂亮好尖锐的锈头儿"，便一溜烟儿跑进浴室照镜子去了。

六

几天后，浅子和槙子经过精密商谈，两人一起出奔[1]了。姊妹俩出门当天的打扮是：一样的短发，一样的黑色和服，一样的捻线绸夹袄。槙子没有留书。她带走了那把朱鞘短刀。浅子的留言是写给兴造的简短而不得要领的潦草文字。没有带什么像样的随身物品，但女佣看到她们临走前，往提兜里装了四个煮鸡蛋，这是招待槙子看戏时的惯例。于是给东京剧场和新桥剧场挂了电话，想着只要说出特征，就能当场找到打扮分明的两个人。然而，当天这两个地方都没有她们的影子。

浅子给兴造留下的文字是这样的：

兴儿：

奶奶暂时躲起来了，奶奶心里时时记挂着兴儿。你长大了可要做

1　江户时代，武士阶层的离家出走或失踪谓之出奔。

个有出息的人，不能像你父亲那般小气。

奶奶

槟子近来苦于频繁的心率过速，常常提到死的事情。栗岛家极端贫困，三个孙子全靠出外打工维持生计。每当浅子招待她看戏，槟子出门时总是再三对孙儿说："对不起，对不起。"

浅子要是有死的意向，那也只能是同情阿姐的结果，不会有其他原因。找不出她寻死的诱因。当良造说出"二十万还不到一半"时，她的眼里突然充满泪水，这只能看作老人守财本能的一种病态的表现。浅子不知出于何种理由而哭泣。

事实上，两人并非因为想死而离开家门。

浅子和槟子来到春和景明的上野，在动物园里玩了一个多小时。南方来的大象英迪拉最受欢迎。姊妹俩不声不响，久久凝视着这头大象。如此脏污的、被捕捉的、柔和的、不说一句话的"伟大"，给她们以慰藉。

姊妹俩来到上野公园内的弁天堂，摊开了煮鸡蛋。今天是由浅子加以保护，蛋壳没有碰破。

想起幼年时代听说的上野彰义队覆灭[1]的故事，姊妹俩你一句我一句互相谈论起来。不知不觉，公园被包裹于暮色之中。不忍池的排水

魔群的通过

---

1 1868年2月由旧幕臣结成了团体，5月据守于上野宽永寺，反抗明治新政府，后遭大村益次郎所率政府军镇压，全员牺牲。

开垦眼见着很残酷，早春的薄暮将这些裸露的残骸遮蔽了。远远望见东京大学安田讲堂的钟楼。浅子陪伴槙子到池畔的小酒馆里稍稍喝了几盅。槙子因为发生心率过速，在那里歇息了一个小时光景。

槙子恢复平静后，示出身边的那把短刀。她说，眼下拖着病体赖在贫苦的儿子家里，实在太不争气了，还是选择死的好。浅子说，要是那样，先让她捅捅阿姐肚子看。浅子伸手捅捅槙子的小腹，槙子大喊一声："好疼！"惊动了整个小酒馆。

她们俩离开小酒馆，相互谈论着乃木[1]大将宅邸内榻榻米上的血迹。说着说着，寒气增加了，浅子有些想家了。她们想去上野车站，途中从悬崖上俯看下面无数条闪光的线路，来来往往的蒸汽机车和电车络绎不绝。槙子又犯心率过速了。她蓦地想自杀，立即从栏杆上探出身子。浅子伸手去拉她，反而使槙子失去了重心，巨大的躯体从十多米高处跌落到线路上。

浅子从此去向不明。

数日后，负责处理槙子遗体的铁道员工，在神保町那一带瞥见一位脸型酷似死者的巨躯老太太，他一阵惶悚。那位老太太油光闪亮的面颊满含明朗的微笑，夹杂在人群里走了好一会儿，随后消失了踪影。

---

1 乃木希典（1849—1912），陆军军人，甲午战争时任步兵第一旅团长，继为第二师团长。日俄战争时任第三军集团司令官，指挥旅顺会战。明治天皇驾崩后，大葬之日，偕妻殉死于自宅。

牵
牛
花

战争结束那年十一月，我妹妹死于伤寒病，享年十七岁。战后，疏散的东西要立即运返学校，在用拖车搬运行李的过程中，初秋时节依然炎热的太阳照在头上，她因喉咙干渴，喝了废墟铅管里的流水。同学们都说，很可能就是那次感染上的。

　　我很爱我的妹妹，她的死给了我重大打击。打从少年时代起，我就喜欢分出些零钱，给妹妹买东西，可妹妹并不觉得多么开心。我带她看电影，带她看戏。她总是很不情愿地跟我走来走去。尤其是进入思春期后，此种表现越来越显著。可我硬是疼爱她，我喜欢这样做。

　　平素，她总是把哥哥说的话当作傻话。她同我吵架之后，就在我屋内的墙壁上用铅笔写着："哥哥是个大笨蛋。"死的前一天，丧失意识的妹妹，半似梦呓地说道："哥哥，谢谢你。"这话一直留在我耳里。护士人手不足时，母亲和我轮番彻夜看护，她到底知不知道呢？

牵牛花

我总觉得妹妹有些方面很可怜。我寄予她的，可谓是一片爱怜之情。看来，妹妹似乎在同内心徐徐萌发的不安作斗争而时时感到焦躁。虽然我认为这是思春期的焦躁，但我觉得，妹妹心中萌动而出的东西，并非生命之树，而是死亡之木。

妹妹幼小时候，就有一种奇妙的家族情结（尽管她在上女校前，连"家族"这个词儿都读不准）。她喜欢用巧克力空盒子收集发票，时常对女佣说：

"哎，这月还没领煤气收据吗？可以放在美津子这里保管啊。"

我经常嘲笑妹妹这种小气鬼的表现。

妹妹死后，我时时梦见她。随着时光的流逝，对死者的记忆纵然渐渐淡薄，然而梦已作为一种习惯，规规矩矩，一直延续至今。

我对死者的灵魂，始终寄予哀怜之情。我以为，幽灵们都是寂寞、悲怆而可怜的存在。这同我们幼时对动物世界寄予的感伤心情是一样的。故而，未开化的民族，笃信动物是每个死去的人的灵魂，对此我十分理解。我们怜悯的感情，便是走向未知和不可解的天桥。对于这一切，我们通过憧憬与之连接，通过怜悯与之交往。所谓憧憬和怜悯，是对不可解之物有如孩子般阴柔感情的两面。童年时代，我经常于睡床之上，倾听远方森林枭鸟的鸣叫。每当这时候，还是孩子的我，一并感觉到那种对于动物界的自由的童话般的憧憬之情，以及那种对于幽暗森林深处的树洞内睁着大眼不得不继续歌唱的那些幼小"活物"的爱怜之情。

对于灵魂之类，依旧不给以生之形状，这或许使我们想象的翅膀无法飞翔。生命里有谜团，有不解，有类似夜半飞鸣的小鸟般的东西，或许对这些东西不加以思考，便不能描画出灵魂的形状。

这么说来，妹妹从活着的时候起，就像谜一般可爱的小动物一样，有着耽于思考的表情。

※

梦中，妹妹总是活着。被医生抛离的身子，碰巧获得了奇迹般的救助，再次出现于我们家人的眩惑之中。

"太好啦，还是得救了呀！"

我虽然这么说，但依然有一丝抹不去的不安。这不就是梦吗？我心里一直怀疑……

我结束长期旅行回到家中。那是夜里。因为回到家后有事必须马上再度出门——那是一件非常紧要的事，所以只好让租来的、从车站往家里运送行李的汽车在门外等着。

我瞅了瞅家里，庭院深闲，似乎没有人。

不一会儿，妹妹出现在玄关里。

"美津子，就你一个人吗？"

"是啊，大家都出去了。"

我对妹妹在家丝毫不觉得疑惑。进屋一看，里间的餐厅点着昏暗的电灯，似乎只相当于五支烛光。平时，这间屋子总是亮堂堂的。不知为何换了这么暗的灯泡。以前使用的灯泡，莫非烧断了灯丝？我想。

妹妹面孔黯淡，看不分明，身上衣服的花纹也看不清楚。她穿着孩子般的浴衣，系着黄色的宽腰带。

"那是什么花？让我瞧瞧。"

我说。妹妹默默站在电灯下，展开袖筒让我看。那里印染着硕大的紫色牵牛花，鲜艳夺目。那是妹妹五六岁时穿的浴衣。

"这件和服太陈旧了。"

我说。

"是的。"

妹妹回答。

灯光昏暗，看不清面孔。她似乎低着头，微微含笑。接着，她将两手的指头伸进两边腋下开口处，看样子似乎思考着什么。我说想喝茶，妹妹走进晦暗的厨房忙活了一番。平时，妹妹从不为我做这做那。

"好了，请用茶。"

妹妹站立着，将茶壶递过来。我向茶碗里倒茶，她坐在房角里静静等候。我在喝茶的当儿，发觉妹妹已经离开了。我用手指抚摸茶碗，温润，带着奇妙的滑腻。可能是濡湿的缘故吧，其实不然。

"你还在吗？"

我问。

没有回答，但听得出有动静，我知道她还在。

"你在那里要待到何时？"

我问。没有回答。

"啊，好累。"

过一会儿，只听远远传来一声回应。

“你的病确实治好了吗？”

“嗯，治好了。”

这次回答得很清晰。她挪着双膝渐次挨过来，身体紧紧靠着桌子。

“不过，还是挺累。”

“真可怜。”

我伸手抚摸她的头发。头发干枯而丰厚。妹妹又猝然站立起来，到厨房去了。水声哗哗，传来碗碟相碰的声响。

“为何那么繁忙呢？”

远方的回声夹杂着水音反传过来：

“为何那么繁忙呢？”

看看手表，到了该回去的时刻。我走向玄关，推开门扉。不知何时，妹妹站在我的背后。

“欢迎再来。”

“今天太晚了，等大家都回来，替我打声招呼吧。”

“好的。”

“那么，我走了。”

“欢迎再来。”

妹妹用木屐尖儿轻轻踢踢水泥地，看样子似乎有些焦急不安……

我乘上等候的汽车，在街上跑了一阵。街灯已经熄灭了，没有一个行人。正在模模糊糊的时候，想起一件事，睁开了眼睛。我想到的是：

“我刚才见到的，那是幽灵。”

这么一想，随之感到胸中如冰冷的铁块凝缩在一起。我探着身子，将两手伸向司机席背后，对司机说道：

"我刚才见到的……怎么办？那是幽灵。"

我只想喊叫，但发不出声音。我很明白，对方无法听到我的话语。司机没有回答。我用手摇晃着他的后背。

司机突然两手离开方向盘，回头说道：

"是的，是幽灵。"

他的脸孔一团漆黑，摇晃不定。他突然伸出手，抓住我的腕子。其实，抓住我的腕子的，不是手。利爪刺入我的手臂，将我的身子牵拉过去。

旅行的墓碑铭

菊田次郎到世界各国旅行，将近一年了。数月来缠绕于身的繁杂的工作结束了，为了使身心得以休息，遂踏上旅途。次郎在旅馆的枯草坪上散步的时候，发现细雨夹杂着雪霰，微微向太阳方向飘洒。他惊讶地抬头仰望天空，看似雪，其实是"风花"[1]。

　　细雨似乎由远方乘风而来。头上的天空一片淡蓝，太阳虽然时时被稀薄的云层遮蔽，但那云彩却是镶嵌着白金轮廓的轻柔的云片。远方隔着海湾的地岬之上，堆积着灰色的云块。除此之外，找不出雨的源头。

1　初冬晴日，起风前飘洒的细雨微雪。

旅行的墓碑铭

此时，次郎遭遇着某种感情急剧的呕吐般的袭击，那感情犹如渺茫的音乐，业已失去日常性，被溶解后隐藏于深部。它不具备任何可视的姿影，也不似现实中的任何形相，犹如音乐最初渗入我们心中，那种方式同整个肉体组织不相调和，为了将这些组织重新编入另一种透明的秩序，暂时模拟着那种散乱的方式。这就是一年前次郎旅行的记忆。

这家旅馆有着一方闲静的天地，和 Λ 市中心俗恶的温泉街尚有一段距离。

昨晚到达，沐浴。次郎深深埋在暖气过热的房间中的安乐椅里，一边恼于叫春的猫鸣，一边读书。隔壁房间有人打电话，通过长途电话同新潟[1]的人聊天。听到一声回应："哦，六尺？"看来是对方说了积雪厚度，使得邻室的人大为惊讶。

这声音在次郎心中唤起难以名状的同时性的幻觉。新潟的确有积雪，而眼下的庭院没有雪的影子。仅隔一层玻璃，这边室内温暖如春，那边户外酷寒似冰。还有，邻室有素不相识的人，这里有次郎。而且，次郎的外部有皮肤，有头发；内部有血液，有内脏。他的运动着的心脏和新潟的雪同时存在。这种关联究竟意味着什么呢？

这次小规模旅行，匆匆到达，各种琐细的启示给次郎带来慰藉。翌日早晨，于似醒非醒、似梦非梦之际，他想到自己宿于巴黎的旅馆，接到朋友从阿根廷发来的电报，考虑到应该起来办理为取得阿根廷入

---

1 位于日本中部，日本海沿岸的中心城市和交通枢纽。

国签证所需的繁杂的手续，愕然睁开了眼睛。领事馆通常仅限于上午办理护照申请手续。

次郎发现自己是在日本旅馆的房间内醒来，稍稍有些不服气。他下了床，趿拉着拖鞋，打开厚厚的绸缎窗帷。冬季的午前，高高的太阳早已照进房内。庭院远方有大海和岛影，眼下有广阔的枯草坪。

窗户下面有两三株樱树，次郎看到每个枝条都缀满柔软的褐色嫩叶，一阵惊讶。A市的一月甚为和暖，那些终日沐浴着阳光的樱树，全都缀满了花朵。

……抬头仰望光亮云间的淡蓝时，从那迷幻般蔚蓝的天井内，次郎确实听见了音乐之声。那种感动，带有奇妙的郁闷与模糊，迫使他的双腿漫然向前迈步。

他顺着徐徐向海面倾斜的长着枯草的斜坡向下走去。"遥远的新潟的雪和A市没有雪的夜晚同时存在……"他的心里耽于解谜般地念叨着，"梦中的巴黎和日本的重叠，冬的季节和开花的樱树的重叠，晴空和霰霰的重叠……"

因为有飞洒不止的冰冷的细雨和北风，旅馆庭院内除次郎之外，再没有别的人影。草地的斜坡不久变成曲折的石阶，向海边下降。石阶左右，林木繁茂，右方是不见一个人影的篮球场，透过树丛依稀可辨。沿着石阶下行，那里有网球场，有凉亭，有无水的游泳池。

随处被卧龙松遮蔽的围墙，从雪浪不住翻滚、啃咬的荒滩矶岸开始，围绕一丈多高的悬崖嵌镶了一道边儿。次郎坐在凉亭的长凳上，观赏远方薄雾溟蒙的水平线。

这时，凉亭背后的密林中，微微传来咔嚓咔嚓的剪刀声。接着，好一会儿又听到捆束树枝发出的枝叶相互摩戛的声响。

庭院里除次郎之外似乎还有一个人。他回过头去，一眼瞥见印着家徽的短袄和半白的头发。一位年老的园丁，正在弯腰修整即将迎来春天的庭园。

"这位熟练的园丁……"次郎想象着，"产生他的熟练那漫长的生涯，仅仅来自透明、单纯的日常生活积累的生涯，每每想起这一点来，在我所游历的外国诸城市，较之那些特别交往过的人们，我不能不回忆起那些同这种反反复复单调的生活无缘的人们。地球各地都有时差，一个地方的白昼，就是另一个地方的黑夜。南半球的夏天，就是北半球的冬天。但例如……"

巴黎大饭店的客房老妇，只要不被裁减，无疑将在同今天一样日期的午前，前来打扫次郎入住的房间，更换浴巾，将散乱的杂志及地图之类的东西收拾到镜台上，打开橄榄油小瓶的盖子，对不起，少许偷点儿橄榄油抹一下自己的头发。倘若像今天一样又是个冬季和暖的巴黎的话，脸上生着黑痣的青年侍者，将在饭店楼下的咖啡厅露台上，身穿花花绿绿的土耳其古式的裤子，兜着风儿，一手握着咖啡壶下半部，以快活的动作穿行于顾客之间，迅速为客人倒满杯子。此外，无疑将于同今日一样日期的早晨，在里约热内卢的科帕卡巴纳·帕莱斯饭店，大腹便便的中年侍者，推着小车，往次郎住的房间运来新鲜的早餐，正像如今在这里的密林中，年迈的园丁热衷于自己的工作那样。

这些几乎都可说是准确无误的，但我们有何理由相信这是确实的呢？

"我们为何未明确就安心呢？为何在几乎明确的时候才会安心呢？"

次郎愕然想到。

他在纽约访问朋友格里尼奇·维尔吉的时候，于朋友居住的古老的小型馆舍前，看到剥脱之后掉落下来的剧场广告。那是怎么回事呢？

他在迈阿密马凯里斯塔饭店，看到绿色地毯上不小心滴落的一大块墨水的污迹。又是怎么回事呢？

次郎对于这些东西、这些人以及这些生活，确实做过一次调查。那些因走遍世界而感觉拥有世界的乐天派是多么幸运！次郎幼年时代丢失的玩具和景泰蓝纪念章等记忆，加上世界之旅也在记忆中终结的现在，令他感到似乎丧失了众多的东西。踏上旅途前的世界，对他而言虽说是个观念，但旅行归来的次郎，却以他的不在充实着世界。

事物和路边人们的生活，既接近我们又远离我们。这些东西从一开始就具有忘却中突然浮现又随即消泯的记忆般的姿影。这些东西之所以类似"记忆"，不是没有理由的。比起那些司空见惯的为我们所感觉到的"具体性"的事物，这些东西似乎深深扎根于我们的心底。

次郎待在南美最漂亮的都市里约热内卢期间，当他走过行道椰子树的青荫，走过古老殖民地时代的建筑所包围的小路，走过浮现着众多小岛的海岸边的人行道，走过铺设着绘有怪鱼、骏马和玫瑰花的马赛克道路，走过水手们用多元音的语言高声交谈的晚霞靡丽的海港，走过桅樯树立、经海风侵蚀的古老船首肖像近旁的时候；还有于狂欢节之夜，看到一对年轻情侣背倚公园内榕树郁然垂挂的气根，男的扮作波斯奴隶、女的扮作佩戴金耳环的茨冈人[1] 在交谈的时候，他的内心曾经充满着一种感情。那种感情，类似一个濒死的人，在他死后因世界依然原样存在而感到无可言状的不合理。次郎从这座美丽的异国都市出发旅行，迫在眉睫。

我们死后，太阳朝朝自东方升起，照亮我们熟知的世界。这种确信是幸福的确信。然而，我们有何理由相信这是确定无疑的呢？

次郎愕然环顾一下自己的周围。不见一只船影的大海、右方的港湾、远处朦胧的地岬的影像……谁能断言这些风景与同次郎未见之时相比，没有发生变化呢？

温然安坐于认识中的人们，总是依据认识而拥有世界，确信世界。然而，艺术家不能不观看。要想取代认识，就必须观看。一旦看了，最后存在的不确实就会围绕着他。

"这种不确实，来自不安的中心。"次郎进一步考虑，"有时像音乐一样，艺术家的恩宠闪闪发光。新潟的雪夜和Ａ市的夜、巴黎的早晨和Ａ市的早晨、晴天和霡霂、冬季和樱花的重叠，那种灵妙的同时存在的幻觉，不是由于认识，单单因为存在——当然是裸露的状态，以较之肉体的裸露还要裸露的状态存在——当感到与世界相互关联的

1　原文为 Tzigane，吉卜赛人的别称。

时候，我自身也只能同纽约陋巷随风飞卷的纸屑、迈阿密旅馆的地毯、巴黎咖啡馆的侍者，以同样的方式存在着。我化身于这些东西。瞬间，看和被看的差别消失了，一切都变得等价，在调和之中并存。充满世界的我的不在，将被所有之物同我的存在的关联埋没。尚未下降到这种世界底层的精神，怎么可能化身于作品这类确实（纸屑、地毯般的确实）的物体呢？"

※

菊田次郎写信告诉我小型之旅归来的消息。阔别已久，再度同次郎见面是在一个喧闹的酒场。他依然一边大讲那些卑俗的笑话，一边猛喝加拿大生产的药味很浓的廉价威士忌。而且，极力扮演一个执着的、绝不会受到自我厌恶袭击的人的形象。

他二十八岁。从外人眼里看来他是 man in attitudes[1]，他似乎对此采取了更加急剧的态度。青春虽然曾经是他的弱点，但又是平素处理一切弱点的做派，如今又大肆夸张和卖弄青春。众多的青年，生活于青年特有观念下的青春时代，却又闭目无视自己的青春，即使过了这一时期，他们依然年轻，这时似乎才开始力求客观地生活于自己的青春之中。其结果，对自己故意采取不负责的态度，一味装作活在他人

1　有态度的男人。

的人生之中。他们所写的作品为此而起到了作用。

"挺无聊的吧？"我大肆揶揄他，我明知道这话会使他很恼火。

"无聊"，菊田次郎瞧不上这个十九世纪风味的词儿，他以断定的口气，对我的揶揄作出了诚实的反应。

"胡说，我有生以来从未感受过无聊。这正是我的猛烈的幸运。"

他厌倦自己的生活，经常发作般地外出旅行，归来之后，仍然厌倦自己的生活。在我看来，他历经半年的世界之旅，只不过是一次较之寻常时间稍长的发作。

熟知菊田次郎风采的人很多。特别引人注目的是他那张苍白的面孔。十九世纪浪漫主义时代，苍白的肌肤是纨绔子弟的骄傲。而我却一眼看出，次郎之所以一味厌恶浪漫主义，正是因为厌恶自己苍白的肌肤，而不是相反。不仅如此，他对自己所显现出的"智慧"，具有一种可怕的厌恶。

这海底生物似的肤色，诉说着他幼年时代被缚以巨石沉入海底的人生经历。他那不断憧憬海面阳光的性格，可以用"向阳性"一语道破。他首先像越狱犯一样弄到一把锉刀，接着用锉刀锉断捆缚巨石的铁索。为了锉断这根铁索，他花了很长时间。他坚信一旦锉断就能出现于海面之上。这虽然令人觉得可笑，但断掉的铁索因为是用更粗的铁索双重捆缚，其结果较之原来的距离仅仅远离海底一倍而已。而且，由于误算，他相信到达海面的距离还有一半，对人也是这么宣扬。为了获得与此符合的文体，次郎立志于文体的明朗与清澄，而我却不喜欢这类赝品。

菊田次郎的固定观念，是所谓的"表面"乃至"外面"之物。他总是一边在夜间地下酒馆畅饮，一边对我盛赞日光下裸露的"外面"。

"你的恋人依然是希腊吗？"我试探地问。

"比起希腊，还是干燥的亚热带为好。"他喃喃地回答，"在那样的阳光下，精神蒸发而出现于表面。希腊犹如一块盐田，因阳光照射，诸如情绪、感伤（这个词儿一旦说出口，次郎就仿佛向已经出现的词儿背后啐唾沫），这些东西就会析出表面，立即挥发殆尽。只有精神的纯粹成分，盐一般光闪闪地残留于表面。"

他似乎等待着自己的海的干涸。

……突然，次郎从口袋里拽出一沓原稿，摊开在我眼前。

"请读读看吧，这次旅途上写的。"

我开始阅读起来……

"菊田次郎到世界各国旅行，将近一年了。数月来缠绕于身的繁杂的工作结束了……"

我继续读下去。"不确定的音乐般的东西……"，读到他用音乐作比喻之处，皱起眉头偷看他一眼。因为我们耳畔响起了街头乐师演奏的严重走调而不堪忍受的音乐。但次郎却泰然自若，他那里简直就像没有任何声音。

"哈哈，写到'音乐'时，意味着这家伙指的是'内部的音乐'。"

我这么想着，浮现着苦笑，继续向下读：

"……怎么可能化身于作品这类确实（纸屑、地毯般的确实）的物体呢？"

他用这句意气扬扬的话语结束了原稿。我默默将原稿交还他手里，他也默然不语，装回原来的口袋。

"这就是你所谓的'表面'吧？"

我问。

"嗯，也就是用外面表现内面。"

我十分明白，他在谈论自己的作品时，习惯于极力不陷入常有的羞赧之中。

"作品里为何要用自己的名字？"

"因为自己的名字属于他人所有。"

"语言也是属于他人的，若是这样，不是也可以直接用'我'吗？"

"有道理。语言是属于大家的，你不觉得'我'这个词儿是虚构的共有物吗？谁也不会对我呼叫一声：'喂，我！'这种绝不会被如此呼叫的安心，成为'我'的自豪，最终变为权利。"

我感到有些不悦，反问道：

"你的意思就是说，用菊田次郎这个名字，给你的自我以确实的外面，对吗？"

"是的。"

"那好。不过，你所描写的思念的形成，谁能保证就是你的思念呢？"

"没有什么我的思念、我的思想这类东西。大凡语言所表达的东西，严密地说都不是属于我的。我只是在这一瞬间，同他人共有这一思想罢了。"

"那么，只有表达之前的你，才是属于你的，对吗？"

"这就是堕落世界所指的那种个性。说到这里还不清楚吗？就是说，绝不存在个性这种东西。"

"然而你去世界旅行的时候，你能说你没有伴随肉体一道旅行吗？"

"当然不会。因为肉体比个性重要几百倍。我即使忘掉旅行包，也不会忘掉肉体而出行。"

"肉体没有个性吗？"

"肉体有类型，神只重视肉体，节约应该赐予的自由。自由本身是赐予精神的，这东西是精神平时爱用的玩具……肉体始终占据一定的位置，世界之旅使我感到不解的是，始终不忘肉体所占据的这个神奇的位置。例如，我甚至站在梦中所见的希腊废墟上。那时我的肉体所占据的空间，确实是我的精神从未占有过的空间。"

"就是说，精神是没有形态的。"

"对呀。因此，精神应该努力保有形态。"

"这么说，你在原稿里论述了关于由精神的见地所看到的存在的不确定性，对吗？"

"正是如此。因为精神在所到之处只看到精神。周游世界，如果一直走在曲折而漫长的嵌镶着玻璃板的回廊里，有什么意思呢？"

"然而最后的结局是：你没看到人群，而只看到物质。"

"请想想看，地球的背面有一座城市，那里的人们有着各种各样的生活。我从那些默默无语的人的生活里，学到了物质般的谦虚。"

"你不曾触及生命吗？"

"你的意思是说用手指触及生命吗？也就是猥亵吧？生命是不可

用手指触及的。生命只能用生命触及，一如物质与物质的磨合。除此以外的任何触及怎么可能呢？……即便如此，所谓旅行的回忆，酷似情交的回味。追溯事前的欲望已不再可能。代之而来的是，由于那种欲望经过微妙的变质之后再次出现于眼前，给人以回忆的行为仿佛能够追溯的错觉。"

"你事前的欲望是什么呢？"

"是我要去的各国。不管发生革命还是战争，作为一个随心所欲的人，我很想卷入其中。"

"哈哈，又是你那'成为他人'的欲望吗？"

次郎没有回答，只是傻笑。次郎时时受到难以抑制的天真的欲望的袭击，经常突如其来地谈起他想当船员、想当边境守卫兵、想当探险家，对于这一点我很清楚。

我们不想再争论下去，双方都感到，这样等于空费为人所不愿听闻的"观念的时间"。酒场老板很忙，似乎无暇揩拭餐台。我们只好一边交谈一边随时转移地点，致使杯底在木纹清晰的餐台木板上，排列出众多水迹的圆环。当时，我即使联想起那位让·科克托[1]《致雅克·马里坦的信》的序曲，也没有什么奇怪。

1　Jean Cocteau（1889—1963），法国作家、诗人，具有多方面才能，活跃于戏剧、电影和绘画等领域。代表作有诗作《波埃基》、小说《可怕的孩子们》、电影《美女与野兽》等。

罗马，一九一七年，复活节之际。

十五日，也一时埋首于叙事歌[1]的写作，则未得观览一切。毕加索和我两人，隔了很久才得以出外散步。

毕加索——到这座寺庙看看吧。（然而，寺庙里早已挤满信徒，到处是烛台、音乐和祈祷，再也进不去了。）

我——去别的寺庙看看吧。（去那里一看，同样如此。两人又默默走了很长时间。）

毕加索——我们过着猪狗般的生活。……

菊田次郎满脸刻着疲劳，一副无视我的存在的表情。我早已习惯于如此不良的用心。我虽然对他无所不知，但也等于对他一无所知。费尽心思亦无法理解，正是人们相互交往的唯一的桥梁。这是菊田次郎经常挂在口头上的格言。

我同次郎相识，正是他诚惶诚恐刚刚踏入自己青春期的时候。他总是一副憔悴不堪的面孔，而每见到人，总是吹嘘他全然没有一点儿苦恼。而且，他自己内心里带着荆棘般的自负，始终被刺戳得焦躁不安。其实，他所寻求的是帝王般宽容的自负。他把战后一个时期的社会混乱看成是心理现象，盲目地抱着按内部世界秩序安排外界秩序的确信，首先着手于抹杀自己感受性的作业。他的感受性正是一条龙，他热衷于驱除这条龙。倘若想以某种形式感受外界，那便是他的失败。

---

1 原文为法语：ballade，指用素朴的语言写的简短故事诗。

因而，为了顺利取得彻底胜利，次郎首先致力于化身为外界。这既非轻而易举之事，亦非立马可解决之事。这从次郎眼下只谈论"外面"便可知晓。

春天，他来我家玩。我俩一起到武藏野残留下的森林里散步。万木吐翠，黄莺飞鸣，但我们踏着的草地依然发出枯草干爽的音响。

"春天到了。"我说。

"我很厌恶春天。"他说。我未加理睬。"春天摆出一副无感即为春的莫名其妙的样子，空气像一碗不冷不热的浓汤，到处看不到真正的形态。瞧，那种模糊而缺乏美感的云层。云彩只有夏天的好。"

他正巧碰上四月里春天的巴黎，回国后立即对我说了这事。

巴黎的春天，一如日本的春天，经过数度设计修补，完全不是真正的春天了。某日早晨，宛若拜伦卿的名声，一时来临了。

"有一天，早晨一起来，浑身痒痒的。"次郎紧绷着脸说，"我以为是跳蚤，原来那就是'巴黎之春'。"

这天午后二时，菊田次郎在龙波瓦多·香榭丽舍咖啡馆露台上等待会见报社的人。

从地铁站走出地面，他感到有些目眩。覆盖着站口的七叶树的嫩绿，犹如一道光的瀑布。太阳从树冠渗入，布满枝枝叶叶，将淡绿的光的灌顶倾注于行人的头上。人们皆脱去外套，摘掉帽子。一位性子急躁的美国青年，只穿一件漂亮的运动衫行走着。

咖啡馆的露台几乎满员。士官学校的学生们身穿金、红、蓝、白等各种颜色且闪闪发光的制服在饮茶。大理石桌面上滴落的酒水灿然放光。眼前的柏油路上，穿着玄色套装的贵妇来来往往。这群黑衣女子，走在七叶树淡绿的叶荫之下尤其引人注目。

次郎终于找到一个空席位，他叫来侍者，要了一杯托博克啤酒。

春的巴黎、七叶树、红军帽、女人们、露台的椅子、云彩……

所有这些，都不是自然的春天，而是众多的人聚在一起共同制造的春天。七叶树也好，女人们也好，巴黎的外面，一桩桩一件件，都象征着某种抽象的东西。女人们只是作为"女人"之前的"巴黎的女人"。所谓精神构筑的都会，就是这类东西。次郎眼前的柏油路上，走动着情欲、吝啬、青春、金钱权利和政治。它们所经过的灿烂的街道下边，巴黎的下水道里，漂流着昨夜丢弃的众多的避孕套和三个月的胎儿。他们的头上有太阳，放射着适度的柔和的光芒，简直可以称为理性光源的富有表情的太阳。

"这就是巴黎的春天。"次郎想，"果然，百闻不如一见，这真是凝聚于一体的组合啊！自己本身虽然没有任何感觉，但却强使自我毫无理由堕入酩酊的麻木的春天，使你安然地尽情品尝作为鉴赏家的幸福的春天，诉诸万人易感的颇为周到的春天。这座美丽的古都，完善地利用了她本身的自我陶醉[1]！"

在这个仅仅适合存有一笔小钱的年老夫妇生活的巴黎的春天，次郎发现就连新兴国美国泼辣的青年男女都沉迷其中，这不能不使他深感惊讶。所谓真正的青年，他们自身就是春天，他们本该对季节的春天报以漠视。

旅行的墓碑铭

---

1 原文为英语：narcissism，自我赞美，自爱，自我陶醉。

"我想起在南美见到的奇异的花。"次郎说，"那是缠绕于类似藤架上的蔓草，在我到达的盛夏季节，于针刺般照在皮肤上的阳光下，盛开着洋红色的朵朵鲜花。季节正逢夏令，花的名字却叫普里马维拉[1]（春）。

"置于夏季中心的'春'泰然自若。不干涸，不衰败，终日瞠然忍受着亚热带直射的日光。我于普里马维拉中看到夜的光临。太阳沉落于咖啡园的彼方，晚饭前殖民地集落的农夫们弹奏着吉他，结束一整天工作回家的马，忧戚地踢踏着墙壁。殖民地集落和马厩的屋脊，皆顶戴着一条拖曳于夕空的沉郁的金黄。普里马维拉在不久后到来的黑暗的夕暮中依旧睁大着眼睛。星光下的花色，看起来宛若微微黝黑的点点血滴。没有一丝风。夜的热气从柔软的红土地面氤氲升起。普里马维拉花开朵朵，肖然不动，照例保持原有的芳姿，期盼着黎明冷艳的素指前来抚慰她们。

"……由此看来，我所喜欢的你也应该理解。比起巴黎的春天，当数南美盛夏中的'春'最美好。"

……我和菊田次郎之间，突然出现一束玻璃纸包裹的鲜花，这令我们大吃一惊。那是一位身个儿不及椅背高的小女孩递过来的。

"哎，买一束花吧，买吧。"

卖花姑娘透过花朵，用一副奇特的目光斜睨着我们。她的那位面色苍白的母亲，一边期待女儿天真的表现能在客人身上产生效果，一

魔群的通过

1　意大利语：primavera，春天。

边将脸孔深埋在毛线绽开的围巾内，或许正在酒场的门外等着吧？然而，小姑娘却违背了母亲的这一期待，闪现着绝非孩子般的可怖的目光，斜睨着我们两个客人。

菊田次郎毫不留情地对视着她的目光。卖花姑娘刹那间换成另一副面孔，随即转向别的客人了。就是说，被她斜睨着的期间，我们并没有对这位贫弱的小女孩另眼相加。

"那正是人看着人的目光啊。"我说。

次郎呷了口酒，笑着应道：

"准确地说是这样。那女孩把我们当作人，期待着我们人的感情。他人之眼更加清洁，只把对方看作物质的东西。

"所谓他人之眼并非如想象那么多，但像她那样斜睨我们的眼睛，在我们周围随处可见。家人之眼、情侣之眼、仇敌之眼、朋友之眼、爱犬之眼，以及对我们漠不关心的人们的眼睛，都是属于这一类。还有，战时电车中奏响空袭警报后，满员乘客将全都用那种目光相互谛视。

"提起战争时代的回忆十分奇妙。没有一个'他人'。带着他人般清洁表情的，唯有倒毙路边被烧死的尸体。"

"你在外国见到过他人吗？"

"所谓旅人，对于外国人来说本不是什么他人。我在巴黎时支票被盗，我一直没有忘记那个盗窃支票的小偷的目光。小偷这门生意，看来非得具有旺盛的人性关怀的人才能干好。那家伙大白天在街头，对着我的后背用英语呼叫：'有美元吗？一百元换五百法郎。'我回头一看，那里站着一个形象猥琐的中年小个子男人，长长的胡子，敞开着带汗渍的衬衫领子，长着一双讨人喜欢的清炯的眼睛，一脸亲切地微笑着。在这种人眼里，虽说本国人也只当作他人看待，但只要碰到腰包稍稍鼓起的旅人，简直就像自家人一般。我答应了，随即在一旁的小巷内做了交易。于是那人一手抢过支票逃走了。我是说，那家伙清澄的眼睛和亲切的微笑并非虚情假意，因为他作为小偷，干了一件别人嫌麻烦而只有他不嫌麻烦的工作。"

我俩互相望着对方的面孔哈哈大笑。

"旅人也像小偷一样啊！"次郎继续说，"一旦明白一分钟后就成无缘之人，那我们就安心地交朋友，直接进入对方心里，毫不客气地将全部劫掠一空。全世界交友是件很容易的事。"

"哎呀哎呀，今晚上犬儒主义[1]无止境了。"

"你好糊涂啊，一个毫不感到无聊的人，怎么会有犬儒主义的观点呢？"

他站起身来，两个手掌支撑着台面，摆出做体操的姿势。他又喝空了酒杯，不知是第几杯了。

"哦，十一点了，我该回去了。"

"你忘了东西。"我学着他所说的那位偷支票小偷，嬉笑着对他说，"你忘了把'案件'写进去了。小说一定要有案件的发生，这是你的信条，不是吗？这篇小说连同你休闲般的诗性散文，写的尽是我们冠冕堂皇的对话，通篇没有一桩案件发生，就这么完结了。观众要退票的啊！"

"那好办。"次郎半打着哈欠，"请等到明天晚上吧。"

---

1 Cynicism，犬儒主义，对社会持有讽刺和无视的态度。

他匆匆握了手，回去了。

※

第二天晚上，我们又在同一家酒场会面。他从口袋里掏出一叠原稿，仔细查看台板上有没有濡湿，然后摊在上面。我点燃香烟，吸了一口。接着，我强忍着暗淡的灯光和潦草的字体开始阅读起来。

……菊田次郎在朋友看稿期间，两手握住酒杯，凝视着闪现微明的酒柜。翠绿和朱红的酒液，在冰冷的酒瓶里沉淀。

一只高脚的四方形酒瓶上，写着"波多黎各"一行文字，依稀可辨。这是这个岛生产的名酒——朗姆酒。次郎听到一种奇怪的颇为难懂的话语，似乎是西班牙语。他觉得自己仿佛再一次坐在圣菲市郊那家酒场里，桌面和地板洒满了酒液，没有人揩拭，里间的桌子上散落着海员们的骰子。然而，这是他耳朵的幻觉。他听到的所谓西班牙语，只不过是带有浓重方言调子的日本语，那是一对醉汉激烈谈论着生意场的不景气。

次郎去厕所。厕所位于地下酒场出口的阶梯上方。出了厕所，为了冷静一下头脑，他来到酒场门外。

银座后边的这条道路，正热闹非凡。纵然行人稀少，众多的窗口却漏泄着娇声与音乐。两三个结伴巡回演出的乐手，披闪着宽似吉他的彩带，排闼而出，气势昂扬地推开相隔两三家之外的酒场的门扉，一齐涌入。菊田次郎坐在一家酒场二楼的窗口，望着女人和醉汉惹人发笑的身影，回忆起奥斯卡·王尔德的诗作《妓女之家》的一小节：

……宛若受他人操纵的傀儡，

一副纤细的骸骨的黑影。

顺应着缓慢的四步舞曲，

斜斜地移动着身子。……

次郎欲穿过那条道路，一时又犯起犹豫。迫使他这么做的无疑是眼前接连不断缓缓行进的出租车的行列。看到伫立在那儿的次郎，一辆辆车前来献媚。次郎随即越过不知是第几辆热情的出租车的车头，从对过商店直接拐个直角，走进后侧逼仄的巷口。巷子里走出两三个醉鬼，其中一人正要躲开他，反而重重撞在他的肩膀上了。

这条横巷又分成好几个小巷，一家连一家都是酒场。次郎的鞋子踏在窨井盖上发出响声，一只野猫猝然打他的脚尖儿迅速窜过。

他微笑着，稍稍抬起脚掌，看见了自己做工不太好的鞋尖儿。

"哎呀，鞋尖儿亮闪闪的，那只猫美丽的毛皮刹那间擦亮了我的皮鞋。"

那里是挤满火柴盒般小房子的奇妙而索然无味的横街。女人的娇音、男人放肆的笑声、走调的乐曲，混合成封闭的音流，从微明时分家家户户的窗户里奔泻出来。所有的人家都吊着招牌，或者将店名直接写在墙壁上。店名一律模仿西洋名称。"艾斯卡尔格""拉莫""约瑟芬""香榭丽舍""马尔多罗""约翰""拿破仑""马赛"，等等。

突然，菊田次郎产生一种错觉。严格地说那不是错觉，而近于世

魔群的通过

间所说的"认识"。但那种认识并非采取认识的形态，而是几乎以幻想的姿势出现。

就是说，次郎是突然感觉到的。他如今站立在远东一座城市杂沓的大街的一角，十九世纪欧洲鸦片鬼睡梦中反复出现的可怖的亚洲的一隅。神秘的巨大偶像，血腥的豪奢，永久的怠惰，蚊蝇般繁衍的民众，单调的音乐，充满恐怖的地震、洪水等天地异变，分割天空的低矮的屋脊曲线，眼角上挑的女人，不怕死的蛮勇的男人，怪奇的咒文，诱人赴死的甘美的抒情诗，无表情的谛观，人力车，臭虫，瘟疫蔓延的湿地……所有这一切组合而成的亚洲。

醉汉依然一边大声歌唱，一边走过次郎身旁。简直弄不明白语言的意思。母音很多，慵懒地充斥着无限烦琐的悲哀的语言——日本语这种国语，具有不透明的软弱而神秘的强韧的力量。歌声令次郎沉醉。如此触动人心的歌声，在别的任何国家都未曾听到过。

艾斯卡尔格也好，拉莫也好，所有这些恶作剧店名，只不过是亚洲长久以来所喜欢的欺瞒的趣味，欺骗他人和自欺欺人几乎成为一体的趣味的表现。渴望和好奇心、不厌其烦的谦让、基于屈辱的统治，加上为了投身其间而富于南方性亲自仗剑的多血质，这种东西是不会死的。远东的一座都市，有着为数众多的酒场，如马尔多罗、拿破仑等，这些店名的真意是追求一种异国情调吧。

菊田次郎头上的天空是东洋的星空，这使他感到战栗。

这片天空是展现于长久的瘟疫和无气力之上的星空。星空知道，这种长久的瘟疫和无气力所不断耗费的能源，正是为走向崭新而异质的富于牺牲性的渴望用之不尽的能源。沉眠于亚洲地下这种情绪性的能源的埋藏量是无限的。

次郎感到自己处于没有被类型化的文明、令人惊奇的亚洲的混沌，以及各个历史死而不绝、既现存又在繁衍的可怕的能源的中心。

他有着被恐吓的资质。面向世界，他为这种恐怖的天赋而感到自豪。例如，较之白人动物性的残忍，黄皮肤的民族所具有的植物性的残忍，是多么可怕，多么美丽！欧洲的鸦片鬼们于梦中的直观中或许知道得一清二楚吧。

菊田次郎半睡半醒地调转脚步，于是身子碰到一件东西。他碰到的是包裹众多鲜花的玻璃纸，它触及次郎西服的胸前，发出窸窸窣窣的纸音。他闪开身子，发现高高怀抱花束的孩子，就是昨天没有买下她的鲜花的那位卖花少女。

卖花姑娘逃到不远处站住了，一边抚弄着打皱的玻璃纸，一边久久斜睨着次郎……

我读完了菊田次郎的稿子。"卖花姑娘逃到不远处站住了，一边抚弄着打皱的玻璃纸，一边久久斜睨着次郎……"读完结尾部分后，我轻轻叹了口气，叠上原稿。次郎不知刚才到哪里去了，没有回到我身边的座椅上。我重新要了一杯酒。不久，次郎回来了。

"原稿看完了。"

"有趣吗？"

"谈不上。……先不说这些，你准备于何方终老呢？"

"我吗？……亚洲。"

拉迪盖之死

这是一部看似真实的伪自传。

——雷蒙·拉迪盖 [1]

一

一九二四年，让·科克托 [2] 三十五岁。他住在碧蓝海岸东端的城市威利弗朗斯期间，习惯于每天晚上独自到海港前坐在那儿。

1　Raymond Radiguet（1903—1923），法国诗人，小说家。有诗集《燃烧的双颊》、小说《魔鬼附身》《德·奥热尔伯爵的舞会》等。

2　见前篇注。

因为每天晚上的这个习惯，科克托熟悉了星光出现的顺序。右侧天空出现第一颗星。接着，圣艾蒂安[1]上空煌煌出现第二颗星。从第一颗星闪亮之后到第二颗星出现期间，海边晦暗的道路上，一位老人牵着一只山羊走过。

打从前一年的十二月十二日，雷蒙·拉迪盖在巴黎皮奇尼大街医院死去之后，科克托的心一直处在不绝的危机中。本来，这位诗人的精神就像一位杂技演员，虽以维持危险的平衡为天性，可一旦面临失去平衡的危机，对于一个杂技演员来说，其实就直接意味着死亡。

"第一颗星是我。"科克托想。他是先辈。然后是一些牵着山羊走过的奇异的青年。第二颗星是拉迪盖。接着，群星闪烁的真正的黑夜开始了。

二

雷蒙·拉迪盖生于一九〇三年六月十八日。第一次世界大战开始于一九一四年夏，结束于一九一八年岁暮。拉迪盖短暂的生涯成长的重要部分——十一岁至十五岁是在大战里度过的；为写作而余下的十六岁至二十一岁的五六年间，则是在战后混乱的时期里度过的。

1　法国东南部城市。

按照晚近的评论家阿尔贝雷斯[1]的看法，第一次世界大战后法国文学所呈现的"有毒的绚烂"的青春时代，无秩序、独创性、非合理主义以及犬儒主义时代，还有"青春小说"风靡一世的时代，乃是一九〇〇年思想革命理所当然的结果。

"上一代关于理性和信仰价值的哲学论争，已经变成学校时代的回忆。如今是青年期，是自由——人们相信自己比过去存在的任何人都能更好地利用这种自由，而最终成为学校里被默许的逃学的学生。人们向先祖、父母和家人告别，这就是所谓'向博识而富有道德的市民社会的诀别，是旷野的狼的胜利'。人们非但完全蔑视现存的世界，甚至满足于现存世界的无价值。正如孩子置身于脱离父母之手，自由地向思春期和独创转变的陶醉之中。"

大战即将结束的时候，马克斯·雅各布[2]领着一位陌生的少年来见科克托。

诗人雅各布是个稍显肥胖的具有乡间司祭风采的人。他领来的少年则有所不同，身个儿矮小，头发蓬乱，面孔苍白，宛如龙勃罗梭[3]所说的"天才的面颜"。他穿着很不合体的西服，一副妄自尊大的样子，手杖夹在胳肢窝里。科克托从这番风貌里，发现了他所喜欢描绘的"懒惰学生所具有的倨傲"。

1　René Marill-Albérès（1921—1982），法国文学理论家，研究近现代小说。主要著作有《二十世纪的智慧冒险》《现代小说史》等。

2　Max Jacob（1876—1944），法国诗人、作家、画家和评论家。

3　Cesare Lombroso（1836—1909），意大利精神病学家、犯罪学家。

科克托和雅各布谈话的当儿，少年一言不发。过了一会儿，雅各布说道：

"你不是很喜欢科克托吗？瞧你腼腆的样子，这哪儿像你，快拿出一首诗来看看吧。"

少年默默地摸索着上衣的口袋，掏出一张皱巴巴的纸片，展开在桌面上，孩子般地伸出手掌抚了抚。

科克托读了那首诗。诗中具有龙萨[1]十六世纪古诗的面影，他对闪现其中的深邃而单纯的阴翳感到吃惊。

"简直就像磨亮的贝壳。"科克托想。

三

……科克托面对海港，坐在通往下边码头的石阶上。他的肩上伸过来一只手，他感到"死亡"来召唤他了。

然而，那手掌很温暖，近乎玩笑的话语里含蕴着惯熟的音调。

"呀，好一副哈德良[2]皇帝怀念死去的安提诺斯的风情啊！"

"是马克斯吧。"

1 Pierre de Ronsard（1524—1585），法国诗人。七星诗社代表人物，对法国诗歌改革作出贡献。代表作有叙事诗集《颂歌集》。

2 Publius Aelius Hadrianus（76—138），罗马皇帝，117 年至 138 年在位，五贤帝之一。生于西班牙，实行行政改革以整顿内部，于边境建筑长城。同性态情人安提诺斯死后，于埃及建安提诺波利斯城，以表追念。

雅各布笑着答应了。

"你把我忘记了吗？虽说既不年轻也不美丽，但我一直记挂着你，才从巴黎赶来这里的……明天将有一大群人来看我，想必很热闹吧。他们中有最近同你言归于好的斯特拉文斯基[1]，还有克里斯蒂安·贝拉尔[2]。"

科克托微笑着听他叙说。这位诗人生在巴黎，成名于巴黎，在巴黎出售作品，而又逃脱明丽的巴黎，一如野蛮而强烈的幼年期，到处探寻自己混沌的精神的故乡。对这位诗人来说，迎接巴黎最高雅的要素来到这里，并不觉得有什么反感。

他告诉雅各布每天晚上都观察星相，讲述了第一颗星和第二颗星。然而，眼前的天空已经闪耀着无数星辰，映照着海港闲散的水面，同三四艘停泊着的船舶上的桅灯很难区分开来。雅各布那双有名的细长而神经锐利的手指，探寻着夜空中第一颗星和第二颗星，终于还是分不清楚。码头上两人脚下泊着的小舟随波荡漾，黑暗中互相碰撞，发出咯吱咯吱的响声……

"拉迪盖活着的时候……"科克托嘀咕道，"我们和奇迹一道居住。我凭借眼前奇迹的特异作用，同世界亲密交友。世界的秩序似乎良好地运行。奇迹本身丝毫没有觉察，即使玫瑰突然高声歌唱，天使降临

1　Igor Fyodorovich Stravinsky（1882—1971），俄国作曲家，1934 年入法籍，1945 年入美籍。代表作有《幻想谐谑曲》《火鸟》和《春之祭》等。

2　Christian Bérard（1902—1949），法国舞台装置家。

于早晨的餐桌，镜中滴下闪光的水的破片如荆棘般刺疼全身，潜水员摇晃着身子露出水面，马用蹄子在大理石庭院写出四行诗来……这一切似乎出自当然，<u>丝毫也不觉得奇怪。我们都认为，这样的事会自然出现。我经常和奇迹一起去旅行，'奇迹'是一副和寻常多么一样的表情啊！</u>……但如今看起来，据早报上的消息，五口之家一同死于车祸，建筑中的大楼倒塌，飞机失事……每当看到这些报道，我就不能不想到，假若拉迪盖还活着，这类事绝不会发生。因为上天的齿轮在飞转，世界这部机器笨拙地运转着。货车脱轨，鸡飞入铁道，面包店不管怎么揉捏和发酵，也蒸不出松软的面包来。"

"你的意思我很明白。"雅各布说话是天生的大嗓门，"你把拉迪盖看作是纯粹的无秩序，不该歌唱的玫瑰竟然歌唱的无秩序。你不想将拉迪盖的死归咎于地上的原因，你的这番心情我明白。不过我以为，你同'奇迹'的生活中，于不知不觉间混入了地上杂乱的秩序。你，或者你们，为了拼死加以对抗，又固执于无秩序本身一般的生活，不是吗？正因为如此，地上的无秩序没能杀死拉迪盖，而你们自身却帮助上天杀死了拉迪盖，这一点你不得不承认。"

"关于这一点，我也屡次言及过。每当我叫他写作时，总想把他封闭在安全地带，但实际上，只不过是为他去除压力，使身子变得轻松起来。

"去年九月末，拉迪盖在乡下完成《德·奥热尔伯爵的舞会》，他和我一起回到巴黎。秋天来了。那年从秋天到冬天的生活，直到十二月十二日他死去，仅仅两个月的生活……那种生活的片鳞，你也是看到的。"

"我是看到了。"

雅各布言语无多地回应着。

"这是以可怕的速度向悲惨结局倾斜的生活。可怕的生活啊！但是我们只能那样活着。"

四

……科克托闭起眼睛，浮想起那段日月。

首先是睡床，上面高高堆满了无人过问的脏衣服。尘埃满布的桌面，杂乱地堆放着书籍、信简和记帐本。脚边滚动着大大小小的空瓶子，大的是干邑[1]空酒瓶，小的是安眠剂空药瓶。一只掉在地上的软木塞子，被红铅笔挡住了，静静地躺在那儿。

一天晚上，或者说早晨，两人醉熏熏地走回旅馆，但忘记到药店买安眠药了。那时正是凌晨三点钟。

为此，两人发生了小小的争吵。巴黎到处都有通宵营业的药店，一家家轮番交替，屋顶上彻夜燃亮着蓝十字灯光，以便于深夜的病人买药。不过，距离这家旅馆最近的药店也有三四条街，谁也不主动提出自己去买。

"没有药是睡不着觉的。"科克托嘀咕着。

"我也是……不过，喝了酒一定能睡着。"拉迪盖说。

---

1 干邑白兰地，法国西部小镇干邑（cognac）产的高级酒。

"但早晨五点那收集垃圾的卡车轧轧而来，犹如坦克通过石板路。那响声只有药才能抗得住。"

"能睡着！"拉迪盖断然说，"我们两人都患失眠症。什么失眠？全是迷信。我不用那种东西。"

"不过，没有药……"

科克托撒起娇来了，而拉迪盖决不肯说一声"我去买药"。

房间里的暖气很热，窗户上蒙着一层水蒸气。科克托走近玻璃窗旁，用细长的手指拂去蒸汽，眼望着木叶尽脱的街道树，那些树宛如站立夜间路旁死一般的卫兵。他能看到拉迪盖的眼睛所看不到的东西，并以此为满足。拉迪盖平时不戴眼镜，但他是个看不到一米远的近视眼。

映在窗玻璃上的白色物体在闪动，那是背后床上拉迪盖准备睡觉而脱下的白衬衫。不情愿被脱去的衬衫，犹如挣扎的天鹅的翅膀映射在那里，不久就被脱掉扔在了一旁，这才安静下来。

一直亮着电灯的杂乱的小屋，因两人共同的不安而变得令人窒息。那种共有的不安就是"能不能睡着呢"……

……熄灯了。两人努力睡觉。不过，谁也无法将这种努力坚持下去。科克托偷偷睁开眼。窗帷缝隙里映射进来的煤气灯光，朦胧地照在一旁的拉迪盖的半张面孔上。这正是他喜欢作素描的美少年的侧影。平素，头发、衣服极为杂乱而丝毫不以为然的拉迪盖，也无法打乱自己侧影中这种端丽的线条。

科克托发现拉迪盖紧闭双眼的睫毛时时发生轻微的痉挛。其间，那双眼睛毫无感动地睁开来，黝黑的底部水一般闪闪放光。

科克托深深舒了口气，一边告诉拉迪盖自己依然醒着，一边说道：

"我刚才想起你曾对我讲过，你小时候有一次回家没有赶上火车，穿过有动物园的森林，听到狮子的吼叫，害怕极了。"

拉迪盖的嘴角荡漾着笑意。

"当时我真的很害怕。我联想起了夜晚那些狮子和黑种人集居一处的国度。我听到黑暗大陆这一名称时，就幻想着在那样的国度里，即使大白天也同夜晚一样，狮子和黑种人们一起到处转悠；走在酷烈阳光下的猎人，被那些树荫里'夜'的獠牙和投枪所凝神盯视。"

拉迪盖说想抽烟，科克托点燃一支递给他。

"有烟灰缸吗？"

拉迪盖将手伸向对面的书架。

拉迪盖的手指触到了堆满烟灰缸边缘的烟灰。他又伸手拿起一张散落的废稿纸，将那堆烟灰包裹起来，在一端绞个结儿，随手扔在墙角里。

烟灰从纸包里散出来，稀稀落落掉在地板上。

拉迪盖并不介意，将倒空烟灰的烟灰缸放在他和科克托之间。

"我过去一直追索灵感[1]，干过好多傻事。"科克托说，"有时吃一盒方糖睡觉，有时穿着外套睡觉，验证一下究竟会做什么样的梦。"

"那时候就能睡得好吗？"

1　原文为英文：inspiration，创作中瞬间的思考、感应、灵感。

"是的，睡得好。"科克托笑了。

"我以前也睡得很好。"拉迪盖模仿着老人的腔调，"我时常在停泊于马恩河岸的小船中睡午觉。小船木料固有的触感，仿佛依旧留在脊背上。"

两人又暂时沉默了。

不一会儿，科克托突然改换语调说：

"喂，雷蒙，你知道'见神者的疲劳'吗？据说神灵附体的人，神一旦离去，可怖的疲劳就会袭来。那简直是可恶的令人呕吐的疲劳，睡也睡不着觉。见到神的人，视力和人的能力皆达于极致而回返，哪怕是一刹那，心灵上也会耗费莫大的能量。……你现在的失眠症，不过是写完《德·奥热尔伯爵的舞会》的直接结果。"

"你总是揪住失眠症不放，让。什么失眠，不就是感情的疾病吗？拉法耶特夫人[1]肯定不知道这种病。"

两人没完没了地聊着，试着从"失眠"的固定观念中脱离出来。然而，刹那间，那个固有的观念觉醒了。年长的诗人和年少的小说家，团缩着身子，侧耳静听。

天空尚未出现鱼肚白，大街的远方传来不祥的隆隆轰鸣。那声音在建筑物之间行进，几乎震塌那里的楼房。那是收集城市垃圾的车子。

"那声音逐渐走近了，我总觉得会被碾死的。即便睡着了，梦里

---

1 Madame de La Fayette（1634—1693），法国心理小说代表作家，作品有《克莱芙王妃》等。

也有那种响声闯进来，我肯定做一个被碾死的梦。"拉迪盖说。

"你以前怎么没有谈起过呢？"

对此，拉迪盖似乎回应了什么，但声音消失在附近的轰隆声里，听不见。车轮摩擦着街道石板的响声，回荡于路两旁六层楼的石造建筑中，音量加大一倍。

垃圾车通过后，两人又想试着睡一觉，便沉默不语了。然而，映在脏污窗户上的灰色的黎明，不久就来临了。

五

拉迪盖发病那天……

十一月底一个严寒的午后。

他俩辗转于各家旅馆，只把住址告诉了有关系的出版社，只会见了几个想见的朋友，过着摆脱烦扰的生活。

科克托从早晨开始就闷在房间里写诗。拉迪盖依旧不改他的放浪癖，一大早出门尚未回来。

下午，不见晴天。灰色的天空，统领着十八世纪以来有许多灰色建筑的巴黎街道。科克托以为下雨了，打开窗户伸手试试，没有下雨。

门开了，拉迪盖回来了。

他头发蓬乱，戴着单片眼镜，傲然地晃动着胸脯，腋下夹着手杖，手上戴着脏污的黄皮手套。

"回来了？"

科克托打着招呼，眼睛没有离开稿纸，接着又加了一句：

"你的《舞会》的校稿寄来了。"

拉迪盖默默将手杖靠在椅子一旁，抄起桌面上散乱的校稿，然后懒洋洋地脱去外套，再脱掉上衣，拿着校稿仰面倒在床上。

"校稿全都寄来了吗？"

科克托问，眼睛依然没有离开稿纸。

"不，还剩一些。只到玛奥给弗朗索瓦的母亲写信为止。"

拉迪盖不太高兴。科克托回头一看，单片眼镜吊在穿着背心的前胸上，像是勋章。充满血丝的双眼，仰首盯着手中的校稿。他一直没有翻动纸页。科克托有些不安，他不再做自己的事，凝视着拉迪盖。少年依然像雕像一般一动不动。突然，科克托走过去问道：

"你到底怎么啦？"

此时，拉迪盖用平静的目光仰望着年长的朋友。少年的心中确实泛起不易平静的波澜，但他的眼睛违逆了自己的内心，或者说背叛了自己的内心，反而怪罪朋友多事。

"没什么，让。只是有点儿头昏，什么事都无法思考了。"

科克托摇晃着他的肩膀，进一步问：

"就这些吗？"

"还有，有点儿睡不好觉……这已经是寻常事了……没有一点儿食欲。谈不上生病，或许有些感冒。不过……心里深感不安。"

年长的朋友伸手摸摸少年的额头，没怎么发烧。但是，拉迪盖的不安立即感染了科克托。

从少年平静的眼神里，科克托看到的是抵抗危机的倨傲的影像。在青年们悉数变成怀疑派而陷入自暴自弃的时代，这是一双丝毫不抱怀疑的明澈的眼睛。

对于科克托来说，他很熟悉这种小鹿般的眼神。这眼神诉说着"我不再忍耐"。对于《舞会》那种明晰地描写人的心理的作者来说，他再也无法容忍威胁这种明晰的因素。拉迪盖所理解的生命，"活着"这种意识的极度的明晰就是特征，从背后威胁这种水晶般生命的不明的暗影只有死亡。科克托从拉迪盖的告白里感到不安，他不能不立即觉悟到这正是死的前兆。

后年，科克托这样写道：

你应该知道我将你称为"上帝的手套"。上帝为了触动我们又怕弄脏双手，间或戴起手套。雷蒙·拉迪盖就是上帝的手套。他的形态就像手套一般很适合上帝。上帝一旦抽出手，就意味着死亡。……所以，我预先小心翼翼起来。我从一开始就明白，对于我来说，拉迪盖只是一件借来的东西，不久还要物归原主。……

科克托拿出体温计要为拉迪盖测量体温，拉迪盖不肯测量，他最厌恶被人当作小孩子一般对待。

"为什么一口咬定我生病了呢？"

"因为我和你一样感到不安。"

三十四岁的诗人这样回答他。

"你说不安，我要死了吗？"

"这不是你说的吗？不过，包在我身上，我来看护你。防止你被一种眼睛看不见的力量攫走。因为，我也有一点恩宠的力量¹。"

"不过，你不是也同那些世间好事的人一样看着我吗？我才二十岁，既没有病，也不贫穷，照常人的想法，其状态同死亡相去甚远，不是吗？我认为自杀是病态的思想。……这个世界，真有值得为之赴死的作品吗？"

"这种事儿可以说有，也可以说没有。"科克托恢复了年长者的沉着，"可是，二十岁的你，却写出了《舞会》。这件事……"

"不过，读了原稿的人只有你一个。世间读到这样的作品易如反掌，说不定会遭到大家的冷笑哩。"

"我既然认为是杰作，就不会有错。总之，二十岁的你能写出这样的作品，既是对生命可怕的反逆，也是对生命法则的无视。只因为比你稍大几岁，我见惯了对于法则违反者的残酷复仇的例子。活着是一种走钢丝的行为。你二十岁创作《舞会》，打破了这种平衡。问题是你如何恢复平衡。而且，《舞会》本身却又保持了完全的平衡，这是何种讽刺啊！"

拉迪盖突然将脸埋进枕头。

"头……一阵阵疼得好厉害啊！"

科克托用手掌抚摸着他蓬乱的头发问：

"要叫医生吗？"

"不叫医生也知道是什么病。医生也只能说是感冒。"

---

1 意指神所赐给的力量。

屋内变暗了，窗户上映着对面幽暗的被煤烟熏黑的楼房的一排窗户。每扇窗户都垂下了窗帷。此时，科克托耳畔响起了哀切的高声呼喊。

"……维托里埃！……

"……维托里埃！……"

科克托走近窗边，眺望大街。一位穿着龌龊的旧外套、戴着便帽的青年，肩上担着好几枚玻璃，沿着寂静的道路渐去渐远。悲伤的玻璃在薄暮里显得一片灰白，看起来像一扇奇妙的窗户。打开那扇窗户，仿佛会有一个黑暗的宽敞的房间。或许那是一座能盛下整个巴黎的异样的虚空的房子。

科克托再次感到一阵不安。他揿一下墙上的按钮，打开房里的电灯。户外变得看不见了，死尸一般俯伏在床上的拉迪盖的姿影，向房内显示，那里正在上演一出令人目眩的惨剧。

六

一九二五年，科克托写了题为《天使厄尔特比兹》的诗，其中一节如下：

> 天使厄尔特比兹的死，
> 天使的死，厄尔特比兹的
> 死，就是天使的死，
> 天使厄尔特比兹的一种死，
> 是两相交易的某种神秘。

拉迪盖之死

扑克牌不足一枚的分数，

缠绕于葡萄蔓子上的某种犯罪，

月里的葡萄枝，咬紧牙关的天鹅的歌声。

被昨天尚不知名姓的其他的天使所代替。

紧迫啊，那就是塞杰斯塔[1]。

堀口大学[2]先生译

七

拉迪盖没有退烧的迹象。热度如阶梯一般步步上升。食欲不振和莫名的不安折磨着少年。终于，因为医生怀有伤寒病的疑虑，被转移到皮奇尼大街的一所医院。他病情加剧，心脏因高热而十分衰弱。

十二月九日，拉迪盖向科克托抽动一下因高热而麻痹的嘴唇，说道：

"听着，可怕的事情到来了。三天内，我将被神的军队枪杀。"

科克托泪流滚滚，心头气闷，于是，他杜撰一位看法相反的医生的话，说给朋友听。拉迪盖望着天花板，气喘吁吁地继续说道：

"你的这个情报不如我的正确。命令已经下达，我得到了这个命

1　古希腊城市之一，位于意大利西西里岛西北部，一说为作者所虚拟的天使（拉迪盖）形象。

2　堀口大学（1892—1981），诗人、法国文学研究家、翻译家。翻译众多法国现代诗歌，文化勋章获得者。

令。"

不久，他陷入无意识状态。他动了动嘴，喊着"科克托"的名字："科克托啊！"随即以惊讶的表情，将视线投向自己的父母或手背，叫了声："父母啊！"

三天后，他死了。雅各布的膀子挽着科克托的膀子。雅各布望着早已哭干眼泪的科克托，他很担心泪水中寻不出慰藉的朋友将会变得怎么样呢？

八

……"晚上好，老板！"

满脸胡须的渔夫从突堤爬上来，向他们两人打招呼。科克托从回忆中回过神来。那位打招呼的渔夫已经过去了。

眼前，海港尖端上的灯塔明灭闪烁。

"啊，看到有人向我问好，才知道我还活着。"

科克托说。雅各布没有应答。

起风了。防波堤上时时白沫飞扬。脚下一排停泊的小船，发出相互碰撞的声音，间或传来海水伸长脊背舔舐岩壁的巨响。天空看不到月亮，只见满天星斗。

长久的沉默之后，雅各布用朴素的语调开腔了。

"只有一条路可以拯救你。你可以忏悔，接受圣体 [1]。"

科克托间不容发，用讽刺而尖锐的语调挡了回去。

"哎呀哎呀，你是劝我把圣餐面包当阿司匹林吃吗？"

"圣餐面包可以当阿司匹林吃吗？"

"可以吧，我太悲伤，如今没有食欲。对于现在的我来说，比起面包，还是药片更合口味。这也是最为精妙的药。"

雅各布气呼呼地沉默了。

不一会儿，科克托仿佛自己讨了没趣，将温暖的手臂搭在朋友的肩膀上，说道：

"马克斯，你是发怒的天使。你的诗中有这样的句子：'你看到愚蠢，天使生气了。'下回，该轮到你变成天使，对着愚蠢的我生气了。"

雅各布笑了。科克托反复地说：

"天冷了。我们该回旅馆了。我厌恶看到它。"

"你指什么？"

科克托指着防波堤时时飞起的白色水沫。

"我是说大海啊。白头发，露着白牙齿，伸出光裸的白手指，半夜里想登上防波堤，但几次都失败了。"

——黑暗中，两人登上曲折起伏的石板斜坡上的小路，走回旅馆。科克托装出一副若无其事的样子，说了这样的话：

---

1 原文为"圣体拜受"，天主教于教堂内举行弥撒，出席圣餐会，接受圣体。

"马克斯，……你知道路易·拉卢瓦[1]吗？"

"路易·拉卢瓦？"

"路易教给我一种药，我还不十分熟悉。我相信会熟悉起来的。所谓药，我这样说或许你听了要发怒的吧？……就是鸦片。"

九

"最聪明的是，事情进行到最关键的时候变成疯子。"

——让·科克托《鸦片》

一九五三年九月二十五日

---

1 Louis Laloy（1874—1944），法国音乐家、汉学家。

复

仇

风光明媚的避暑地的一角，有些房屋看起来莫名其妙地具有灰暗的感觉。这并非说那些房屋古旧似废宅，围墙倾圮，建筑样式阴森，小窗深檐，外光照不进屋内。即使那是伸展着洁白廊檐的明丽的别墅式房屋也一样。每当从那种房屋门前经过，襟袖间随之袭来奇异的寂寥而阴冷的空气，整个宅邸给人一种难以名状的晦暗印象。

举例说吧，内庭里向日葵枯萎了，木质后门的铰链毁坏了，潮风顺路面吹进来时，发出奇妙的声响。如此细碎的颓废的征兆，如果出现于子孙众多的欢乐家族住居，纵然给人滑稽有趣的印象，但肯定不会酿造出一种阴森的空气。

而在近藤家里，没有一样东西毁坏。门关得很严实，后门的铜锁是光亮的新品，绝不会生锈。那是一座有着二百坪[1]绿草院落的木造别墅式的洋馆。周围低缓的石垣上圈着一圈儿篱笆，涂着白漆的大门不算很高，从外头一看，门窗紧闭，密不透风，虽说是开放式的建筑，但却故意给人以龟缩于自己内部的印象。

那条道路通向海水浴场，一到夏季，经常有肩膀搭着浴巾、脚上穿着凉鞋的赤裸的家族成员和年轻人通过。路上几乎全是沙子，腕子套着救生圈的孩子，窥视着一家一家的庭院，一边蹦蹦跳跳，一边望着制作粗糙的篱笆斑驳的空隙。密集的枝叶，使他们看不清内部。如果一味着意于门户的严实，可以像中国的住宅那样，建造一道高大的石墙，墙上插满玻璃碎片。但改修起来，颇费金钱，或许这户人家经济上不太宽裕吧。

门柱上挂着两块门牌。一块写着"近藤虎雄"，一块屈居其下，拘谨地标示着"正木奈津"。

五口之家。三十四岁的虎雄是户主，其妻律子没有生下一男半女。虎雄的母亲八重，守着父亲的一笔遗产和家人同住。父亲的妹妹，也就是虎雄的姑母正木奈津，和二十五岁的女儿治子，一同寄居于这个家里。这是个四女一男的家庭。虎雄在东京一家公司上班，白天里没有男人在家。

虎雄总是按时回家。接着，全家一起在餐厅吃饭。所以，这家的晚餐时间比别的家庭晚一些。

---

1 坪，面积单位，1坪约合3.3平方米。

餐厅的电灯不太明亮。全家的电灯都不明亮。这是为了节约电费。

餐厅通风良好，但夏天到了吃晚饭的时刻，总是因为风停了而变得闷热起来。八重、奈津和虎雄都穿浴衣，律子和治子穿连衣裙坐在椅子上。餐桌上摆着沙拉和烤鱼。

"这鲈鱼是妈直接从渔夫手里买来的。"律子说。

律子是个开朗的女人，这个家庭暗淡的餐桌上，律子总是第一个开口说话。但是，今晚特别带着一种金属般神经质的音色，看来仿佛是有意而为。

"我砍价了，没花几个钱。当前不景气，东西便宜了。可话又说回来，不会买东西的人，依旧要花高价才行。"

虎雄几乎没加入家人的谈话。他原是陆军中尉，虽然体格健壮，但面色白皙，戴着无框眼镜，使得脸色更添一层阴冷。他固守自我，没有什么爱好，摆弄一下木匠活儿是他唯一的乐趣。

奈津母女默默吃着饭。每到进餐时，就想起自己寄人篱下的身份，变得有些老实起来。母女长相极为相似，但都属于贫血性体质，弱不禁风。老姑娘治子，白天到附近美以美教会[1]幼儿园做保姆，获得一点收入。奈津自打孀居之后，生活困窘，靠卖房子的钱度日。其间，因租房居住不堪重负，这才搬到近藤家来。劳苦使她瘦骨嶙峋的面孔显得更加尖削，一个人自己说些无聊的话然后独自傻笑，这种习惯使

1　Methodists，属新教卫斯理宗，成立于 1728 年。1795 年正式脱离英国教会，以美国为中心向世界发展。1873 年传至日本。

她显得更加贫窭不堪。这一癖好为母女二人所共有。治子只把做保姆的少量收入交给近藤家，平日始终将钱花费在制作毫不讲究外观的西服等方面，因而招来近藤婆媳满心的不快……会话断了。夜间，海潮喧骚。桌子底下点燃的蚊香散发着气味儿。

全家人都有着一个奇妙的癖好：一旦会话断绝，沉默来临，大家便一起摆出对某一方向侧耳倾听的姿态。不论是进餐之时或难得的客人来访，犹如等待陷入沉默，一同侧耳静听着什么。白天不太明显，夜晚尤其突出。看起来，简直就像敏感的水禽家族。

除了喧骚的海潮，再没有别的声音。

厨房突然有了响动。五个人一起朝那边转过头去。接着，互相交换一下眼神，面色微微苍白起来。

"是老鼠啊！"八重说。

"是老鼠，是老鼠。"奈津说。她久久独自笑着。那笑声一直拖着尾音。这时，律子急忙放下筷子，只要她有想大声诉说的事情，无论怎样她都要快速讲述出来，眼睛也不瞧一下别人的脸，一只手似乎抓住餐桌的边缘。

"我呀，告诉你们一件事。本来，我不打算吃饭前说出来的。我今天一个人去游泳了，在海岸借着邻家的阳伞休息了一会儿。这时，你们猜怎么着？遇到玄武啦！他正两眼瞅着我呢。"

四个人都望着律子的脸。"玄武"这个名字刚一出口，说话的律子以及听着的四个人全都僵直了身子。平素苍白的虎雄并不怎么显眼，其余的四个人连嘴唇都改变了颜色。

"别胡说了，他怎么可能到这儿来？"

"可是，律子你不是没见过玄武的样子吗？"

"不过，我看得很清楚。六十岁光景的老爷子，一副健壮的五尺七寸左右的个头儿，面色黧黑，络腮胡子。穿敞开怀的衬衫、咖啡色的长裤，脚上趿拉着木屐，戴着一顶脏兮兮的白色灯芯绒夏帽……我突然发现，那老爷子就站在阳伞旁边。我一睁眼，他先扫视我一下，然后转向大海。哦，是玄武！想到这里我浑身汗毛直竖。此时，那人早已钻进海岸的人群中不见了。"

"我明白了。"八重略微冷静地说，"你说的那是山口君信里写过的人的相貌。只是说长相近似，并没有看照片。至于是不是玄武则无法知晓。不，肯定不是玄武。玄武如果离开自己村子，山口君会马上打电报来的，不是吗？遇到山口君这个人真幸运，自从这件事托给他之后，我就高枕无忧了。"

近藤家无限仰仗着一位名叫山口清一的男子。他们认为，结识山口是神祇的指引。八重死去的丈夫原是内务省官僚，他偶然得知自己曾经施恩的一位男子，老家和仓谷玄武同在一个村庄，在那里一边读书一边养病。八重写了封长信，委托山口将有关仓谷玄武的情况一条条写下来寄给她。为此，八重在信封上未标明近藤家的名字，而是一直使用正木奈津的名字。因为是从村里的邮局发信，近藤家的名字一旦漏泄给玄武就糟了。为了感谢山口的一番厚意，八重时常从贫乏的遗产里寄去一点儿慰问金和礼物。山口首先告诉她玄武的相貌，因为是同一座村庄，立即就能知道玄武的动静，于是利用病中余暇，断断续续写信告知于她。玄武没有离开村子的迹象，一旦有消息山口会立即打电报来的。

复
仇

"这些全来自你的错觉。"

婆婆安慰她，帮她拾起筷子。不过饭也难以下咽了。

"可是，我认为就是玄武。真的，凭直感就是这种感觉啊……今天晚上还是注意些为妙。"

律子一句话使得大家再度陷入沉默。

一盘素菜几乎未曾有人动过筷子。对味道不佳的鱼肉也是浅尝辄止。桌面上的酱油瓶和盐罐了闪耀着钝光。酱油瓶粗恶的玻璃含着众多气泡，由于始终浸染着酱油，泛出混浊的黄色。八重从一旁的碗橱上拿来一把团扇，呼啦呼啦扇着前胸。

"啊，好热，好热。再加上听到这件事，更没有食欲了。"

"实在对不起。"

媳妇道歉。

"好啦。虎雄睡觉前察看一下院子，把大门锁好。不管干什么都是一时的安慰……即便如此，也不好报警，这事要是全都向警察抖落出来，那虎雄的脸朝哪儿搁？一旦被世人所知，或许会关系到虎雄的将来，那就糟了。"

虎雄有些不快地沉默不语。只有他一个人埋头扒饭，不过也只是机械地运动着口唇。他也明白，自己包裹于不安之中。额头缀满豆粒般的汗滴，他也无心揩拭一下。妻子律子从旁用手巾轻轻擦了擦丈夫的前额，虎雄只是冷冷地任她摆布。

有件东西频频撞击着纱窗，奈津神经质地转过头去。她盯着窗外一瞧，因为害怕，立即中止了。原来是黄金虫在冲撞着纱窗。

风停了，暑气重重垂笼下来。虽然潮声远逝，但经过磨砺的听觉

魔群的通过

仍感喧嚣、吵闹。

突然，奈津说道：

"呀，真讨厌，真讨厌！就连无辜的我都必须跟着这么想。"

治子对于母亲冒冒失失的发言，敏感地缩起脖子，嘴角边似笑非笑，立即沉入自己的世界之中。她想仔细观察一下母亲的话引起的反应。

"哎呀，你是说我和律子都有罪对吗？"八重问道，"你这么一说，还有什么理由继续住在这里呢？你们还是租房子搬走算了，怎么样？这么一来，打明天起，你就不会有这种感觉了。"

"嗨，我说嫂子，您可不能当真啊！我是在开玩笑呀。真的，虎雄，我确实是说笑话啊，嫂子她……我打算和你们同生共死，我真的是这种心情。同生共死，不是挺潇洒吗？"

奈津自言自语，不由笑了起来。笑声继续在不太和谐的沉默中拖曳着尾巴。

全家人义务性地继续吃饭，互相都不说话。尽管如此，奈津照旧吃得最多。一家人吃饭的方法略有特色，吃起饭来个个都像被追逐似的。人人神经质地舞动着筷子，吃一点素菜，再吃一点米饭，按照这种顺序，不安定地重复着。五个人默默所干的事情，宛若在瞧着笼子里动物的生态。

窗边的芭蕉叶子轻轻摇动，风从敞开的厨房门口吹到餐桌。

"好凉爽啊！"

八重发出夸张的声音。然而，奈津再次唤回了那个可怖的话题。

"这么说来……这么说来，我想起来了。读罢山口君的信，我也曾经有过这种事。那时候做梦经常给魇住。玄武此人的面孔在梦中非常鲜明。相同的面孔，我大白天在江之岛的电车上也见到过。而且看得很清楚，我不由惊叫了一声。"

"那依然是错觉。"八重应道，看那样子，似乎对改换话题并不觉得反感，"和今天律子的错觉一样，梦中我每晚都能看到。虎雄也一定是这样吧？尤其还非常熟悉他儿子的面孔。"

正在用牙签剔牙的虎雄，不悦地转过脸去。眼镜因脸孔角度的改变而冷酷地闪闪放光。律子恢复了明朗的语调。

"整个庭院，至少房屋周围可以铺上石子。到了夜晚，我总是这么想。这样能够听到脚步声。光是铺沙子，即使有人走近也听不见响声。"

"没有那么多钱。"婆婆说。

"唉，自从认识山口君好多了，不过至今夜间还是经常被惊醒。已经八年啦，虎雄，打那之后八年了呀！八年来没有过上一天安稳日子。律子也一样，八年间……"

婆媳从相互交换的眼神里读出了八年来未曾断绝的不安。黑夜来临了。于是，全家割断了同世间的联系，径直面对着黑暗。哪怕有一点儿响动，全家也会一跃而起，聚集在餐厅里，悄悄商谈一番。早晨厨房前边沙地上的脚印，究竟是不是送牛奶的人踏出的，也要讨论老半天。每夜的噩梦，至少袭击着家里的某一个人。玄武出现了！年老的六尺高的巨汉，站立在枕头旁边，打算用劈柴刀朝着熟睡的人的头颅砸去。

一家人无法隐瞒住行动的方向。虎雄的工作单位在东京，这片海岸位于勉强可以当日来回上下班的距离上。因东京的原住宅战争中被烧毁才搬进的房子，不知因何缘故，总是缠绕着"玄武"这条枝蔓。

……律子和治子将餐桌上的东西收进厨房，随之传来洗刷盘碗的水声。其余三人默然打坐。虎雄一边抽烟一边看报。

"总会来的啊。"八重说。

奈津立即绷起面孔，望着八重。影子在瘦削的两颊上流下。

"什么会来呀？"

"我是说总会来临的。虎雄也应该想到这一点。我也想到了。不过，我老了，日子本来就很短暂，如今正盼着它来呢。倒是未来日月久长的人，律子还有治子等年轻人好可怜啊！"

"我也可怜。哈哈，自己说自己可怜。"奈津又独自发笑了。

沉默中，听到虎雄大肆折叠报纸的声响。

门铃响了。

三个人面面相觑。厨房的两个人跑回餐厅。五个人以餐桌为中心而伫立不动。谁也不出声。这个时间，从未有过不速之客登门。

虎雄转动一下身子。他正犹豫着，该不该去打开大门。八重拦住他，对着他的耳畔强有力地说道：

"要是敌他不住，一旦受伤怎么行啊，我去开门。"

八重打开客厅的电灯，接着又打开门厅内的电灯。餐厅里三个女人围绕在虎雄周围。虎雄像死尸般苍白，奈津拼命攥住女儿的手。

听到开门后传来的话音，大家松了口气。

"正木先生，电报！"

邮递员喊了一声。

复
仇

"叫我吗？那是什么？"

奈津走了过去。

"姑妈，肯定是山口君打来的，因为不能用近藤家的名字啊。"

律子扯住奈津的衣袖，说道。

八重一边看电报，一边从门口到客厅，又从客厅到门口，来回走动。她的脸上洋溢着喜色。四个人跑过去，围在八重身旁。电报上写着：

仓谷玄武已死。 山口

八重将电报交给大家，她很累，坐在客厅的藤椅上，听凭其余的四个人齐声欢呼。她一直闭目养神，只觉得浑身疲惫不堪。

"妈，您怎么啦？"

律子走过来，晃动着她的膀臂。

"这下子好了，妈您可以放心了。"

"是可以放心了呀。为了供警方传唤时作证的八封来信，也可以烧掉了。"

八重抬起沉重的身子，打开摆设在墙边的白檀木和象牙小盒子，里面盛着玄武逐年寄来的八封薄薄的信纸。八重从信封里掏出一页读起来。

近藤虎雄：

　　我深爱的儿子硬被当作战犯，被你的部下送上绞首台，你自己厚颜无耻回到日本。作为父亲，我一定要报仇。我恨你，不光杀你一个，总有一天我要把你们全家斩尽杀绝！等着吧。

仓谷玄武血书

信上的血字已经变成黄褐色，一种使人不快、唯恐避之不及的颜色。八重将这叠信拿到餐厅，把火铲置于电热器上，再把信札放进去。

全家人默默望着八重颇为冷静的动作。夜海深淼，涛声浩荡。电热器的铁丝徐徐变热，发出轻微弹拨的声响。火尚未燃烧起来，而信上的血色进而变为透明的褐色，燃烧前似乎发出一种难闻的刺鼻的气味儿。信札可以早些点火，不过着起火来也很可怖。全家人忘记了看电报时的安心，发现自己又被另一种不安包裹了。

治子离开家人后退一步，凝望着信札着火的一刹那，她双手战栗，紧紧抓住被大伙儿耻笑为不良趣味的印花连衣裙的前裾。于是，这位老姑娘连自己都未想到，此时竟然冒出一句使全家抱有新的希望，同时又再次陷全家于恐怖，既令人鼓舞又使人害怕的话语：

"什么电报，也是不能指望的。这电报肯定是活着的玄武叫他打来的。"

施饿鬼船

夏日黄昏。热海鱼见崎海风楼的一间房子里，一位老人身穿笔挺的白麻西服，系着领带，等待着一位刚来入住、正在洗浴的客人。那人是老人的儿子，他说好久没来热海老家了，这回特地来看看。为此，老人直接在这里迎接儿子，父子一起吃晚饭。海风楼旅馆的烹调技术很有名气。

老人坐在走廊边面向海洋的椅子上，眺望着明亮的天色中及早点亮电灯的热海的街衢。夕阳的反射之下，本以为远方的一扇玻璃窗灼灼耀眼，原来那是电灯。大海明丽，箱根山群峰顶端紧连着晴朗的天空，但却显得黯淡无光。海风楼下边海洋上吹来的风很小，或许清瘦的身子比较撑得住暑热，所以连领带也不肯松一松。

老人头发白了，鼻子下边蓄着白胡子。眼睛硕大而充满朝气，但看起来，有时闪现出尖锐的光芒，有时沉淀着疲惫的暗影。他生有一

施饿鬼船

副如今难得一见的古歌舞伎演员风格的严整而秀挺的鹰钩鼻子。唯有嘴巴，打破整体脸部智慧的平衡，有肉感而厚厚地松弛着，但颜色是衰老而黝黑的颜色。眼下的几重皱纹，因为从上向下俯视着他人，可以说由此自然产生出一种品味和自尊心态。但是，这个人的自尊心并非年老后所生成，而是生来就有的，可以说像先天的疾病，固定附着于他的精神和肉体之上了。

老人叫鸟取洋一郎，是一位著名作家。自打第二个妻子的儿子娶妻之后，日常生活遂由一位年迈的女佣料理，住在热海水口的牡丹台。

房太郎洗完澡出来了。他穿着旅馆的浴衣。因为身个儿很高，粗壮的小腿露在外面。他似乎有着父亲的面影，只不过是个三十岁光景、身体健康的平凡的男子。

"爸爸也换上浴衣不好吗？"

父亲坚决不肯，他问道：

"到哪儿旅行去了？"

"仙石原。公司组织的团体旅行，回来顺便到这儿看看。"

"你过上市民生活了，这样也好。"

洋一郎说话像给学生上课，他的作品不论如何描写淫奔的故事，文章都富有开讲座的趣味。

"伊久子和浅雄都好吗？"

他问起媳妇和孙子。

"嗯，他们都很好。"

房太郎这样回答。但他对父亲的这个提问不太关心，看来似乎在考虑别的事。

女侍端来啤酒和凉菜。两人离开椅子到餐桌就座。朱漆的圆桌，杯盘尚少的广阔的空白，在电灯下熠熠放光。

父子举杯，喝下最初一杯酒。房太郎沉默不语，父亲终于开口了：

"你来，是为了报纸上的事吧？"

"是的。"

"自那之后，记者轮番涌向家里，简直安不下心来。我叫你不要回家，直接到这里来，就是因为这个。"

"嗯，我想也是。"房太郎嘴角残留着啤酒的泡沫，一副孩子般的口气问道，"不过，那些都是真的吗？"

"登在报纸上的，都是真的。即便是谎言，也会弄假成真……总之，借着今晚这样的好机会，把那些问题，当着你的面，敞开胸襟说个明白吧。"

房太郎将海蜇和海胆掺在一起，用筷子夹起一撮放进嘴里。他那年轻而坚实的牙齿咀嚼着，发出清脆的响声，于沉默之中听起来宛若奇妙的机器的转动。

"爸爸已经不想再看了吧，我把报纸带来了。前天走出家门时，为了不让伊久子看到，我装进口袋里了。旅行中的两个晚上，公司的人倒也没有提起过一个字，反而使我更加不安起来。"

他伸开手去，从杂乱的箱子里的西服中掏出折叠整齐的报纸。

"……临出发时，从东京站给这里的爸爸打了电话。"

父亲沉默不语，房太郎在父亲看不见的角度，将前天的报纸摊开在膝头上。

报上大肆报道了文豪鸟取洋一郎的前一位夫人克江，在养老院穷困致死的消息。而且特别注明，克江是洋一郎早期作品《泡沫》《七星草》和《鬼》等作品中女主人公的原型。报道的方式很不客观，暗里指出洋一郎的冷血，以唤起读者的道德责难。

"克江从未入籍[1]。"父亲说，"报上的报道则写似乎是入了籍。我的正式妻子是你母亲，只有你母亲……但事实上，你母亲可以说是我第二个妻子。"

"这我知道。"儿子一次次从即将陷入的沉默中挣脱出来，"也许我不该向爸爸过多打听这些，我的母亲，从她留下的日记里看，她活得很幸福，虽说生下我不久就过世了，但生前没有受过一点委屈。再说，我自己由爸爸一手抚养成人，对父亲前一个夫人没必要产生任何疑惑，也没有这个权力。不过，我看了报纸总想知道，这不单是出于好奇心。我也读过父亲的作品……"

"可不是嘛，你从学生时代就开始读我的作品，这我清楚。"洋一郎依然是那副表情，"……虽说知道，也放着没管。不让你读罢，也有些不近人情。不过，暗中互相有了谅解，幸好父子之间从未发生过文学上的论战。而且，你选择了社会上普通的职业，我比谁都高兴。"

"……那位克江夫人，爸爸知道她进入养老院吗？"

"这件事我不知道。"洋一郎随即回答，他那率直的态度令人不容怀疑，"克江带着女儿离开家门，女儿死的时候，我已经同你母亲结婚了，但依旧给克江寄了些钱去。我没有去吊唁，克江写信来叫我

1　结婚后女方正式编入以男方为户主的户籍，方可受法律保护。

不要去……此后又过了两三年，接到她从北海道的来信，当时也寄去了一些钱。不过，克江离家出走后，我和她一直没有见过面。几十年间，大约给她寄过六七次钱。信中她对自身的环境一字不提，只是说有困难，叫我帮助。我也因此给她寄钱去，然后收到简单的回执，从此就音信不通了。过了几年，又叫我寄钱……于是又照旧重复一遍。这五六年音信全无，原来克江已经死在养老院里了。"

房太郎一字一句认真倾听父亲的讲述，但他并不认为父亲已把心里话说完了。

房太郎并不打算让父亲讲明作为文学家的立场。父亲也知道这一点，他的一番讲述也同样舍弃了那样的立场。然而，一旦舍弃"那样的立场"，剩下的是多么索寞的事情啊！离家出走，汇款，求告信，回执，养老院……仅凭这些，父亲和克江人生的情缘就此了结了。此外，父亲还提到，遵照克江的嘱咐，没有去吊唁女儿。

房太郎喜欢阅读父亲的小说。父亲并非所谓的私小说[1]作家。他的早期作品，有两三部虽说以克江为原型，但也不是克江做父亲的情人那时期实际生活的直叙。不过，对于克江离家后的思念之情，以及女儿的死所受到的冲击等，都付托于文中各色各样的人物的心境，出现在他后来的作品之中。

但是，房太郎所无法理解的是，父亲索寞的说明，加上作品中的各种感情，互相混合起来看，个人形象并不十分突出。光读作品，很难充分把握父亲的个人感情。直接听父亲说明，越发觉得缺少那种人

1　专事描写作者或家族琐末细事，暴露个人隐私的小说。

情味儿。父亲究竟将"人的情感"隐藏于何处而活过来的呢？房太郎回忆起学生时代读过的让·保尔[1]感人至深的散文《让人的感情永葆青春》，陷入沉思之中。

父亲究竟有什么必要如此隐瞒个人感情呢？为了文学的需求吗？……他想到这里，一切都和自己的常识相反，这将他引入模糊的悖论的世界。

餐桌上的生鲈鱼片凉冰冰地贴附在巨大的碎冰块上。灰白的鱼肉，透露着冰的明净，展现着叶脉般微细的纹理。

看到房太郎不太满意，洋一郎加以补充，依旧是金钱问题。

"你母亲很有钱。有个时期，我受到了你母亲的援助。这事没有必要隐瞒。不过，这仿佛为我带来转机，从此，我的作品大肆出售，一举打开了长期以来的困境……与此相比，和克江在一起的日子如同地狱。一日三餐都无法保证，在那种困境中生下女儿，年轻的我只得撂下自己的事，责备克江太疏忽大意，还动手打了克江。我也未能疼爱亲生的女儿。"

"一切都是为了文学吗？"

"可以这么说吧。我确信，作为作家，我不能沉沦于个人情感。比如，医生是以人为对象的职业，但他应该自律，切不可一味同情患者而不能自拔。这种自律，毕竟包括于治病救人这一医学人性的目的

1　Jean Paul（1763—1825），德国作家。作品多反映人民疾病贫苦、社会不平等以及妇女地位低下等问题。笔调幽默，带有感伤情调。代表作有长篇小说《赫斯佩鲁斯》《蒂坦》等。

之中，可以看作是一种人性的自戒。但文学不是这样，艺术没有所谓人性的目的。

"我害怕自己变得幸福起来。所谓幸福，就是同人性的一切相互亲和的感情。即使是家人，我同他们之间，依然有着不可逾越的疆界。是的，小说家心中的人群，犹如细菌学者心中的细菌。为了不引起感染，必须用镊子处理，亦即用语言的镊子……但是，要真正了解细菌的秘密，也许总有一天非受到感染不可。我害怕感染，就是说害怕幸福。

"挣扎于贫穷和不幸的那个时期，社会上都说我'为生活所苦'，但实际上，我根本谈不上什么生活。老婆跑当铺，吃上顿没下顿，婴儿哭叫不止，铺席破烂不堪……厕身于这种环境中，格外容易侮辱生活。我没有丝毫的不安。生涯中最大的不安其实在后头，你母亲临死的时候。

"总之，也许因为那时太年轻。青春会使人犯下各种过错，但这些过错正是走向人生的见面礼。"

"社会上却不这么看，报纸管你什么作家不作家，一味强调作为人应该对社会尽到一份责任。"

"你能吐露出世俗的意见，这很好，是应该这样子。太好了。你绝不可同我的意见一致。

"责任……可不是吗，责任也好，诚实也好，这些都为世俗所接受。现代作家都生就一副诚实的面孔。赫尔曼·黑塞[1]全神贯注地凝视着歌

---

1 Hermann Hesse（1877—1962），德国诗人、小说家。早期致力于诗歌创作，文学活动多以小市民生活为题材，表现对逝去时代的留恋。作品有长篇小说《彼得·卡门青》《在轮下》和《荒原狼》以及诗集等。1946年获诺贝尔文学奖。

德的画像说：'阁下……您的诚实显得太过分了。'

"你想知道的或许是这些方面吧：长年累月之间，我已经对从青年时代建立起的文学理念重新审视，在认定残酷的过程中，看到人的爱情的逆反表现，以悔悟的目光热爱过去。如今即使对于纯属金钱关系的克江，也承认同她的交往，并自觉感到负有责任。不是吗，其实我何尝不是这种想法呢？青年的文学理念等，是不值一提的。确实不值一提。为此牺牲一两个人，实在不值得。我也希望这么想。

"但时光这东西不能倒转，克江和克江的女儿，已经成为我灰色世界的居民。而且，你母亲出现之后，我已决定性地斩断同那个灰色世界的缘分。

"那灰色世界里母亲的生涯，灰色世界里女儿的早夭，关于这些事，我会蓦然受到感伤的袭击。但只不过是一时的感伤。克江和我，当时在势不得已的情况下结合，根本不可能考虑其他的结合方式。难道我们在责任的名义下，能够修正生活吗？当我顽固地认定不能那样活着的时候，支持我的是克江，很难想象你母亲能这样做。你母亲是那种死活都要跟我在一起过日子的女人。

"到了眼下这把年纪，不想再伤感地扬言什么为自己的文学而牺牲克江。一切都不是为着什么。而且可以对你断言，那种悲惨的生活绝不会改变我的看法，你不认为这正是对死去的克江的祭奠吗？

"世俗的人一次次改变对人生的看法。你可看看那些立身出世的男人的自传。对于赤脚在雪中奔走、待在烧炭小屋内熬到天明的少年时代的那些罗曼蒂克，都改变看法，——赋予意义。所谓责任，只是为他们而存在的语言。作家不同。作家是人与生活的冷静的专家，具有专家般难于对付的品性。随着生命的移转，其见地犹如一座座永不

魔群的通过

倾圮的尖塔，并立于他的过去之中。其中任何一种，对他来说，已经无可改变，因而也就没有责任。如今，他虽然还记得由地平线看到的某座尖塔上所眺望的风景，但那风景早已被他舍弃，也不会再到那窗下眺望。他对自己所犯的各种谬误，固然应该使其正当化，但丝毫都不加以修正，把谬误以及非谬误用同一种方法正当化，是艺术家的手段。谬误及非谬误，假如不在同一地点会合，我们就谈不上什么正当的生活。"

房太郎一字不漏地认真倾听父亲的话，依然觉得他闪烁其词。他这么想，或许父亲顾忌着自己的母亲，在一段时期内，确实更加强烈地爱过克江，胜于爱自己的母亲。这些事不想对自己一一言明吧？

房太郎这次来，是想站在父亲一方来面对社会。他为父亲不能理解自己而焦躁不安。父亲的话语总让他觉得有种隔靴搔痒之感。而且，看样子从一开始就打内心里拒绝房太郎的协助。

洋一郎敏锐地看出儿子的此种不满，遂中断长久的独白，亲切地微笑着，向儿子的空酒杯里倒满啤酒。

"来，喝吧……咱们不谈克江了，说说你母亲的事吧。"

父亲突然连嗓音都变得开朗起来，但房太郎总觉得有些异样。

"自从和你母亲结识之后，可不，突然，我的生活就开始了。你母亲就像你在照片上看到的，是个美丽而乐观的女子。她声音优柔，沿着廊下一边说话一边走来，仿佛从那里射进一束阳光。我见到你母亲之后，随即抛却艺术即黑暗、深沉而 grotesque[1] 的认识。我感到凡是

---

1 原文为法语：怪异，异样。

不适合你母亲的东西，也一概不适合我。你母亲一边唱歌，一边建立起欢乐的家庭，将我容纳进去，我的周围如彩蝶翻飞。为了创造舒适的工作环境，她整理书橱，粘贴剪报，招待一批批贵客，让人人都感到心情舒畅。她准备上等洋酒、鱼子酱、油渍沙丁鱼、鹅肝馃子，样样不缺。猫狗成群，家中到处撒满鲜花，后来生下了你。"

洋一郎一口气说到这里，此时，父子的耳朵内传来单调的鼓声。父亲煞住话头侧耳倾听。

"这是干什么？"

房太郎问。众多的鼓声次第高昂起来。

他走到廊上，凭栏远眺。月出前的天空一片阴霾。已经是晚上了。天底下划出一片黑云密布的海面，点点渔火连续不断。左边是热海的市街，灿烂的灯火覆盖着山麓，却听不到城市的喧骚。

唯有鼓声格外振动着海湾上空，看样子，那响声是从锦浦方向传来的。房太郎朝右方一看，发现防波堤外有两艘华丽的小船正朝这里划来。屋型船的檐端挂着一排红灯笼。

不一会儿，又有两艘在光亮处一直未被发现的小船，跟随着驶过来了。

每艘船上都挤满了人。屋型船上的人似乎一齐敲着法华大鼓。

"这是干什么？"房太郎又重复了一遍。

住在热海的父亲，毫不经意地回答：

"那是施饿鬼船，是在供养锦浦自杀者们的无缘的亡灵。"

房太郎孩子似的一心一意将下巴颏抵在栏杆上眺望。鼓声越来越响，小船来到眼下，屋型船头竖立的细竹和随风飘扬的七字旗，也能看得清清楚楚。

施饿鬼船向热海市街方向驶去，由于速度缓慢，致使在港湾里看起来黑压压巨大一片。

洋一郎坐在客厅里，面对酒杯自斟自酌。他似乎也不是专门说给儿子听，只是将说了一半的话题继续下去。

"……那可是你全然想象不到的幸福生活啊！不光是安定，你母亲甚至也有危险。每天换穿不同的和服，频繁变换着发型，令人眼花缭乱……自打我出生以来，从未在这样富有人情味的人身边待过。慢慢地，我也受到感染，我同一切富有人情味的东西达成和解，完全接受世俗的惯例。习惯这东西，是何等快适！有一次，我不小心将手插入你母亲制作的馅饼里了。你母亲微笑着责怪我，我自己呆呆地望着沾满肉馅儿的五指。馅饼是多么亲密而自然地黏在我的手指上啊！但我丝毫没有戒备自己的手指。与此相同，富有人情味的东西，再也不需要用镊子处理了。和你母亲那段短暂的婚后生活中，我拼命探寻艺术的幸福的定义，亦即埋没于人性中的艺术的定义……然而，令我困惑的是，幸福的状态不适合于对幸福的思考。因而，自己又是不幸的。但以这样的方式想到不幸，这本身又赐予我闪光的喜悦。"

房太郎已经不再倾听父亲的诉说，施饿鬼船驶去的方向吸引着他的目光。

此时，接连响起小小爆裂的声音。紧靠市区前面，船上升起小小的焰火。火花落下绿色的飞沫，在水面上消失了。

施饿鬼船

"爸爸，看！"

房太郎终于天真地喊叫起来。四艘小船开始一起将灯笼放流在大海里。

父亲站起来，走到栏杆旁边。

数不清的杏黄色的灯笼，毫无规则地布满黑魆魆的海面。虽说没有规则，海潮已经将其分类，排成数列，使人一目了然。灯笼闪烁，摇曳不定，看起来平静的海面上涌动不息的潮水，比起小船来更加清晰可睹。

父子默然地眺望着。灯笼以意外的速度流向远洋，逐渐分散开来。敲起大鼓的船舶追随而去，接着又鼓声咚咚地返回来。但是，这些灯笼和鼓声，并未侵扰海湾内广布的黑暗。

房太郎想起了什么，他点燃一支烟，又回到刚才的话题。

"母亲生下我，不到半年就亡故了，父亲想必悲叹不止吧？"

"朋友都来安慰我，当着友人的面，我哭得像个泪人儿，大伙儿说我没出息。"

房太郎回头望望父亲。眼前的父亲没有哭。很难想象，这位父亲哭泣时是个什么样子。

"不过……"父亲说。房太郎也稍微预感到了，今夜，父亲会首次对他说实话。

"不过，有句话很难启齿，那就是，你母亲的死对我来说，倒是一种恩宠啊！"

译
后
记

本书是我翻译的第七部三岛短篇小说集，收入作者十七岁至三十一岁的作品共十三篇，按发表时间先后编排。关于三岛短篇的特色，我在上一本《上锁的房子》的译后记里已经有过阐述，这一本的作品同样也不出三岛早期写作的窠臼，我觉得用"怪异"和"奇幻"似可概括作者早年短篇的风格。

　　开篇的《水面之月》发表于昭和十七年（1942）十一月号的《文艺文化》杂志。作品玄妙的构思，古典式的精微描述，暗流般的情节转换，错综纷纭、隐隐难辨的文字组合等，很难想象出自一位十七岁少年的手笔。这是需要反复阅读和仔细思考才能探其幽微的谜一般的小说。因此，我翻译此书时将这篇推到最后。这篇小说由七封书简组成，以日本平安朝时代男女相恋为轴心，用第一人称叙述，如泣如诉，如怨如慕。对火热的爱情无法忍耐下去的男人同女人断绝来往，女人思恋男人，呼唤男人回到自己身边。男人爱上别的女子，并向朋友透露了心曲。男人再度拜访女人，苦恼而返，最后剃发为僧，染病致死。整篇文字以精致绵密的心理描写为特色，因而可以称作书简体"心理小说"的代表作。

原文每封信只空一行，没有小标题，读起来一下子会弄不清是谁写给谁的。为了减少阅读上的麻烦，译者分别加了序号。这七封信，第二封为男人给女人的回信，第四、五两封为男人写给朋友少将的，其余一、三、六、七均为女人写给男人的。

三岛少年时代的作品是青春肉体成长变化和思春期精神苦恼的展现。他从小禁锢于祖母的病床枕畔，耽读诗书，背诵辞典，冥思苦索，修炼语言。"对于他来说，人生就是语言，语言就是人生。未熟的肉体是已经烂熟的语言的囚徒。"（日本评论家野岛秀胜语）三岛同时期发表的《写诗的少年》[1]中，叙述了自己作为"语言囚徒"的少年时代的理想、幸福与不幸。他在文中强调："只要语言美就行。"

本集中的《山羊之首》和《大臣》的敏锐的谐谑，《魔群的通过》的犬儒主义，《星期天》的里拉丹[2]式的残酷，《花山院》冥界诱惑的浪漫，《箱根工艺》的滑稽与哀愁，《伟大的姊妹》对现代人生辛辣

魔群的通过

1　收入短篇小说集《鲜花盛开的森林·忧国》。

2　Auguste Villiers de L'Isle-Adam（1838—1889），法国诗人、小说家、戏剧家。作品有短篇集《残酷的故事》和长篇小说《未来的伊凡》等。

的讽刺与蔑视……都是作者刻意锻造语言，并通过现实生活加以淬火的完美体现。

《拉迪盖之死》是作者倾心制作的重点篇章，也是三岛青春时代的自画像。如果说《写诗的少年》是作者理想和幸福的赞美诗，那么《拉迪盖之死》就是三岛祭奠这种理想和幸福的安魂曲。

对于三岛文学活动的总体评价，他的朋友——日本文学研究家、美国哥伦比亚大学教授唐纳德·金[1]，曾经作过如下论述：

战后的日本作家中，三岛凭借天赋之才取得了最高成就。通读他留下的众多作品，可以说三岛是本世纪无可动摇的文豪，或许有人怀疑他的这一地位，但三岛至少比其他任何日本人更接近文豪圣域这一评价，则不会有人产生异议。日本的评论家们称夏目漱石、森鸥外为文豪，而对三岛不冠此名。但漱石和鸥外的任何一部作品，翻译成外国语后，都未能像三岛众多的小说和戏曲那样，唤起外国人的兴趣和敬畏。这一事实只能意味着三岛具备更加广阔的国际流通性和对外国文学潮流的敏感性。这件事不但对于三岛个人，而且对于三岛所处的时代来说，都是事实存在。三岛虽然两度挨近"国际的认证"——

---

1 Donald Keene,1922年生于纽约。1942年哥伦比亚大学毕业，任美国海军日语译员。后获剑桥大学研究生院硕士学位，1951年以近松门左卫门《国姓爷合战》的研究论文获哥伦比亚文学博士学位。他是继小泉八云之后研究日本文学最为卓著的西方学者。2011年，入日籍，长居东京。

译后记

国际性文学大奖，但终未获得。尽管如此，三岛愈益驰名于日本国内外，今日已经赢得巩固而崇高的地位。[1]

金氏的这段话和他在各种文学会议中的发言一脉相承，我曾在福冈 UNESCO 协会的一次研讨会上听他说过：若要选出现代日本文学的一位代表作家，非三岛莫属。

写到这里，我忽然想起几年前曾在报上看到过金先生的一篇短文[2]，披露了许多重要事实。遗憾的是，这篇文章并未引起研究界的广泛注意。现将此文的部分内容转述如下，有兴趣的读者朋友不妨找来原作一阅。

据金氏说，三岛一直期望获取诺贝尔文学奖，他在 1964 年东京奥运会取材时观看举重比赛，听到赛后败者对胜者的热烈赞扬，感慨地说："举重产生的震撼是任何恐怖剧（thriller）都无法比拟的……希望文学也如此明快。比如说，我个人以为 A 作家第二，B 作家第三，而我第一，但世间则未必这样看。"三岛觉得自己的作品传播得越广，越有可能获奖，因而他对金氏最先将安部公房的作品翻译成英语深表不满，他说："首先翻译我的小说才是你道义上的义务。"

1960 年，当时的第二任联合国秘书长哈马舍尔德，读罢《金阁寺》

1　出自唐纳德·金《日本文学的历史》，中央公论社 1996 年 9 月版。
2　《东京下町日记》，载于《中日新闻·朝刊》，2013 年 10 月 6 日。

大加赞赏，给予三岛极高的评价，次年便推荐给诺奖评委会。此后，三岛每年都获得该奖提名。

1967 年，金氏担任法国福明托（Formentor）文学奖评委，每年都为诺奖力荐三岛，但始终未能如愿。当时，瑞典一位权威人士告诉金氏，三岛不久将获最大奖。金氏由此推想，次年的诺奖受奖者肯定是三岛了，但结果是川端。

1970 年，金氏在哥本哈根一次晚宴上，听到丹麦作家林德曼说，是他使川端胜出的。这位作家出席 1957 年国际笔会期间，在日本待了两三个星期，以此赢得日本文学权威的美誉，并被诺奖评委征询意见。他的理由是：当时四十三岁的三岛尚年轻，且属左翼。而六十九岁的川端年龄相应，便推荐了他，云云。这意味着下一届再轮到日本人获奖还需等上二十年，于是三岛集中全力写作四卷本《丰饶之海》，完稿三个多月后 [1]，投笔赴死，赍志而殁。

川端一向提携三岛，三岛自决后，川端任其丧仪委员长，他曾表白："如果说自己是个有名的人物，那就在于发现了三岛。"

金氏认为，川端无疑是当之无愧的诺贝尔奖获奖作家，但其后一

1　三岛自决于 1970 年 11 月 25 日，《天人五衰》卷末亦标明此日期。据金氏所言，按原计划本打算于次年年末完成，但出于作者的某种急迫心情，遂提前于 1970 年 8 月写完，早于自决三个多月。所以，实际上并非一般文章所说的完稿当日即行赴死。

直未能写出如愿的新作，遂于 1972 年 4 月自杀。大冈升平[1]有言：诺奖
杀死了两位作家……

文学的圣境也是扑朔迷离，真假莫辨。姑妄言之，姑妄听之。

译者

2016 年 7 月 31 日

夕暮雷雨中

魔
群
的
通
过

1　大冈升平（1909—1988），东京人，作家。主要作品有《俘虏记》《武藏野夫人》
　　和《野火》等。